바람을 기다려

바람을 기다려

지은이 이옥수
펴낸이 임상진
펴낸곳 (주)넥서스

초판 1쇄 인쇄 2023년 6월 30일
초판 1쇄 발행 2023년 7월  5일

출판신고 1992년 4월 3일 제311-2002-2호
10880 경기도 파주시 지목로 5 (신촌동)
Tel (02)330-5500  Fax (02)330-5555

ISBN 979-11-6683-601-5  43810

저자와 출판사의 허락 없이 내용의 일부를
인용하거나 발췌하는 것을 금합니다.

가격은 뒤표지에 있습니다.
잘못 만들어진 책은 구입처에서 바꾸어 드립니다.

www.nexusbook.com
&(앤드)는 (주)넥서스의 문학 브랜드입니다.

# 바람을
# 기다려

이옥수 장편소설

&

차례

# 망한 연애

1

눈을 떴다.

천장에 붙어 있어야 할 야광별이 없다. 가슴이 싸르르해지
며 마른 목구멍에서 소리가 튀어나왔다.

"엄마!"

멍청하긴, 항상 뇌의 지령보다 입이 더 빨리 반응하는 게 문
제다. 이건 십육 년 동안 내 머릿속에 새겨지고 입술에 익은 말
이니 어쩔 수 없다. 여긴 서울에 있는 엄마와 내 방이 아니다.
그래, 난 지금 먼 곳으로 날아왔다. 어제 저녁 뭄바이 공항에서
내려 택시를 타고 호텔까지 오면서 보았던 이국적인 풍경이

떠올랐다. 시내로 들어오는 길 양쪽에 서 있던 키 큰 가로수와 사리를 입은 여인들의 붉은 빈디, 도로에 붐비던 자동차와 릭샤들. 여긴 인도다. 이제 모든 건 다 잊어버리자, 고개를 젓는데 속이 울컥 올라왔다.

자리에서 일어나 베란다로 나갔다. 아라비아 해의 검푸른 바다가 넘실거렸다. 태양이 흩뿌리는 빛가루 속에 검은 새들이 떼창을 하며 날갯짓을 하고 있었다. 낯선 풍경에 오스스 소름이 돋았다. 양팔을 문지르며 방으로 들어와 이모 얼굴을 내려다보았다.

이모의 갸름한 얼굴과 엄마의 동그란 얼굴, 눈·코·입이 크고 뚜렷한 이모와 오목조목하고 귀여운 엄마, 한 군데도 닮지 않았다. 가만히 이모의 숨결을 느꼈다. 이모에게서 엄마 냄새가 날까? 엄마는 지금 뭘 하고 있을까? 뭘 하든 무슨 상관이야. 매몰차게 고개를 저으며 겉옷을 걸쳤다.

밖으로 나오니 바다 옆 콜라바 코즈웨이에는 벌써 많은 사람이 나와서 아침이 열리는 풍경을 바라보고 있었다. 나도 천천히 걸으며 바다를 바라보았다. 저 멀리 바다를 헤치고 솟아오른 태양이 넘실거리는 물결 위에서 붉게 춤추고 있었다. 나도 저 붉은 태양처럼 물결을 타고 일렁이며 춤추고 싶었다. 하늘과 바다가 잇닿아 있는 저 수평선 어디쯤, 아니 솟구치는 태양이 빛조각을 뿌리고 있는 저 넓은 하늘 어디쯤에서 지치도록 춤추고 싶었다. 춤, 추, 고, 싶, 다. 입속에서 맴도는 소리들이 노래가 되어 리듬을 타듯 발걸음을 흔들었다. 볼, 볼, 힐, 힐, 탭 댄스 스텝으로 가만가만 리듬을 탔다. 두 손을 뒤로 맞잡고 사람들의 눈길을 피해서 조심조심 스텝을 밟았다. 가까이에서 보니 검푸른 수면 위로 무수히 날아다니는 검은 새는 까마귀였다. 하늘, 바다, 태양, 까마귀 떼. 까마귀 떼의 울음 섞인 날갯짓이 거대한 스크린 안에 들어 있는 것 같았다. 나는 이 스크린 안에서 찬란한 새 날의 향연을 축하하는 춤꾼이 되어 날아갈 듯 빠르게 스텝을 밟아 나갔다.

좀 더 앞으로 걸어가니 여행 안내 책에서 본 '더 타지마할 팰리스 뭄바이', 타지마할 호텔이 나왔다. 정교한 조각으로 장식된 창틀과 우아한 붉은 지붕이 근사했다. 인도의 한 부자가 영국 호텔에 들어갔는데 그들의 식민지인 인도 사람이라는 이유로 출입을 거부당하는 수모를 겪고 돌아와서 지은 것이 타지마할 호텔이라고 했다. 저기 보이는 바다 앞, 광장의 문은 게이트 웨이 오브 인디아, 인도문이다. 영국 왕 조지 5세의 인도 방

문을 기념하기 위해 세워졌다는 아름다운 문.

인도문 앞에는 많은 사람이 원을 그리고 빙 둘러서서 요가를 하고 있었다. 요가하는 사람은 대부분 여자였다. 편자비를 입은 여자들이 목과 팔에 구슬로 꿴 목걸이와 팔찌를 하고 발에는 조리를 신고 있었다. 여자들의 가무잡잡한 얼굴이 태양빛에 물들어 매혹적으로 빛났다. 중간에 서 있는 요가 선생님은 백발에 긴 머리를 틀어서 올렸는데 입이 얼마나 큰지 정말 귀에 입이 걸린 것 같았다. 사람 입이 저렇게 클 수 있다는 게 신기했다. 나와 눈길이 마주친 요가 선생님이 그 큰 입으로 헤벌쭉 웃었다. 나는 무안해서 얼른 눈길을 돌렸다. 요가 자세가 만만치 않아 보였다. 어깨로 온몸을 지탱하며 거꾸로 서고, 두 팔로 받치고 다리를 꼿꼿하게 올리며 몸을 활처럼 말기도 했다. 모두들 이마에서 땀방울이 흘러내렸다. 하지만 서로 눈이 마주칠 때면 환하게 웃었다. 아, 저렇게 힘들어도 웃을 수가 있구나!

나도 공항에서 엄마와 헤어질 때 한 번쯤은 웃어 주고 올 걸 그랬나?

"잘 갔다 와, 아프지 말고."

못 들은 척, 그대로 돌아서 버린 싸늘한 내 뒤통수를 보며 엄마는 무슨 생각을 했을까? 또 가슴이 싸르르해졌다.

요가가 끝나자 인도 여자들이 사진을 같이 찍자며 다가왔다. 어설픈 웃음으로 손을 내저으며 발걸음을 돌리는데, 익숙한 말소리가 들렸다.

"왜 저렇게 까마귀 떼가 많은 줄 알아? 이곳 사람들 중에서 이상한 종교를 믿는 사람들이 있는데, 까마귀 먹으라고 사람 시체를 높은 곳에 올려놓는대. 그래서 뭄바이에 까마귀들이 많다는데."

"까마귀들이 시체를 먹고 산다고?"

"그렇대."

이런 곳에서 같은 언어를 쓰는 동포를 만나니 무척 반가웠다. 이미 내 옆을 지나쳐 저만큼 걸어가고 있는 두 남자를 한참 동안 바라보았다.

해가 수평선에서 멀어지자 까마귀 소리도 잦아졌다. 지금 이 낯선 곳에서 무얼하고 있지, 하는 생각이 들면서 머릿속이 안개가 낀 것처럼 뿌얘졌다. 머리를 두 손으로 움켜쥐고 흔들었다.

아니다.

지금은 아무 생각도 하지 말자.

어떻게 생각을 안 해?

엄마, 한수정. 이모, 한수지. 소중했던 가족이 이렇게 무말랭이처럼 쪼그라졌는데.

아, 시간을 되돌릴 순 없을까?

예전처럼, 서로 웃고 떠들던 그때로 돌아가고 싶다.

그런데 정말 이해가 안 된다.

이모와 나의 인도 여행을 그렇게 반대하던 엄마가 이번 여행을 어떻게 허락했을까?


## 2


방바닥에 배 깔고 창문에 빗금으로 흘러내리는 물방울을 바라보던 날이었다.

"비가 오니 멀리 가 버린 남자가 생각나네. 지금쯤 어디에서 무얼 하고 있을까?"

이모의 아련한 목소리에 흥미가 일었다.

"이모, 첫사랑?"

"아니, 첫사랑은 아니고 운명의 남자. 강, 넌 운명의 남자가 나타나면 꼭 잡고 놓지 마. 이모처럼 후회하지 않도록."

"그런 남자를 어떻게 알아?"

"그러니까 첫눈에 필(feel)이 팍 꽂히는 남자. 에이, 이건 말로 하긴 좀 힘들다."

이모가 스스로도 모호한지 고개를 갸웃거리는데 소파에 앉아 있던 엄마가 쏘아붙였다.

"그만해. 운명의 남자는 무슨, 그 남자 땜에 인생 망치고선!"

"야아, 그래도 그 사랑이 나를 이때껏 살게 한 힘이야. 안 그럼 난 벌써 죽었어야……."

이모 목소리가 금세 축축해지더니 툭, 물방울이 떨어졌다.

"아, 왜 울어. 애 앞에서……."

엄마가 무슨 큰일이라도 난 것처럼 새되게 윽박질렀다. 나이가 들면 동생이 언니보다 더 셀 수가 있구나, 생각하는데 약지 끝으로 물방울을 살살 뭉개던 이모가 한숨을 토해 냈다.

"후우~ 진심이야. 누가 뭐래도 그 남자는 내 인생의……."

엄마가 필요 이상으로 두 눈에 독기를 뿜었다. 입술을 달싹이던 이모가 돌아누웠다. 하찮은 감정싸움이 며칠 동안 냉기로 남을 것 같아서 얼른 끼어들었다.

"엄마, 나도 해외여행 가 보고 싶어. 하림이는 이번 겨울방학에 필리핀으로 어학연수 간대. 어학연수의 반은 놀러 다니는 거래."

이모가 고개를 번쩍 들었다.

"그래, 이모하고 같이 가자. 인도."

"안 돼! 인도는 절대!"

매몰찬 엄마 목소리에서 단단하고 차가운 질감이 느껴졌다.

"아니야. 수정아, 난 꼭 한 번만 더 인도에 가 보고 싶어."

이모가 사정조로 말했다.

"글쎄, 안 된다니까. 혼자 가든지 말든지, 강이하고는 절대 안 돼!"

"왜 안 돼? 나도 이제 마흔이 넘었어. 감정의 동요 같은 건 없을 거야. 다만 그곳에 가서 만날 수만 있다면……. 아니, 그저 내 인생을 한번 되돌아보고 정리하고 싶을 뿐이야."

한풀 꺾인 이모의 독백에도 엄마는 씩씩 숨을 몰아쉬었다. 그 기세에 눌린 이모가 몸을 틀어 벽을 향했다. 이런 사소한 것을 가지고 빳빳하게 날을 세우는 자매라니! 더 이상 신경전에 말려들고 싶지 않았다.

"둘 다 진짜 웃긴다. 왜 그래? 아무것도 아닌 걸 갖고."

내가 일어서며 한마디 하자 엄마가 고개를 홱 돌려 잡아먹을 듯 쳐다보았다. 멈칫 하는 사이 이모가 백기를 들었다.

"아, 알았어. 안 가. 안 가면 될 것 아냐."

그래, 인도로 가든, 차도로 가든 그대 둘이 알아서 해결하시길. 문을 열고 나오면서 한마디 했다.

"엄마, 동생이 언니한테 너무한 것 아니야?"

"너님이나 잘해."

엄마가 옹다물었던 입술로 받아쳤다.

그렇게 끝났던 이야기가 여름방학 일주일을 남겨 두고 번갯불에 콩 구워 먹듯 진행되어 이렇게 인도에 온 것이다.

인디아 게이트에서 돌아섰다.

혹, 어떤 음모가 있는 것은 아닐까? 그동안 감쪽같이 나를 속여 온 자매다. 그렇다면 이번에도 뭔가 치밀한 계획이 있는 게 분명하다. 내가 없는 사이 멀리 사라지려는 것일까? 나를 떼 내어 버리고 도망간다고? 한 달이다. 한 달이면 지구 끝까지 도망칠 수 있다. 그래 가 버려, 가 버리라고! 어차피 난 버려진 아이니까.

출생의 비밀? 그딴 건 정말이지 삼류 통속 드라마에서나 나오는 이야기인 줄 알았다. 그런데 그 클리셰의 주인공이 바로 나였다니! 처음 이 비참한 이야기를 들었을 땐 배신감에 치가 떨렸고 온몸에 소름이 돋았다.

비루한 내 인생 스토리를 조합해 보면 어느 몹쓸 인간들의 불장난에 대책 없이 세상에 나왔고, 그 핏덩이를 한강옷수선집 한수정과 신기루주점 한수지가 데려다 키웠다. 어처구니없게도 모자 가정인 줄 알았는데 대안 가정이었던 것이다.

왜 내 인생이 이렇게 꼬였는지 악을 쓰고 캐물어도 두 여자가 굳건히 입을 다물고 있다. 엄마는 한사코 나를 낳았다고 우기기까지 한다.

도대체 난 누구냐고?

내가 어떻게 한수정의 딸이 되었는지 말해 달라고!

움켜 쥔 주먹이 부들부들 떨린다.

길가에 멈춰서 고개를 뒤로 젖히고 두 눈에 힘을 주었다. 눈물이 비어져 나오는 것은 용납할 수 없다. 누구에게도 눈물 따위로 초라하게 보여선 안 된다.

태양이 하늘로 높아질수록 까마귀들의 떼창이 점점 잦아들었다. 지나가는 인도 사람들이 손을 모아 인사를 건넸다. 나도 어쩔 수 없이 고개를 숙였다.

호텔로 돌아오니 이모는 베개를 끌어안고 세상모르게 자고 있었다. 이 얄미운 올빼미족과 한 달 동안 잘 지낼 수 있을까? 덜렁대는 이모가 내 보호자 역할을 제대로 할 수 있을까? 아니, 그딴 건 아무래도 좋으니 진실만 말해 주면 좋겠다.

아득하게 절망이 몰려온다. 가슴이 답답해지면서 구토가 올라왔다. 웩웩댔지만 아무것도 나오지 않았다.

"괜찮아?"

눈도 못 뜨면서 소리는 들리나 보다. 세면대에서 입을 헹구고 두 손을 포개어 목 언저리를 눌렀다.

"큰일이다. 어떻게 하지?"

억지로 눈꺼풀을 밀어올린 이모가 영혼 없이 중얼거렸다. 다시 침대에 누웠지만 입안이 시큼했다. 머릿속이 마구 엉켰다. 그래, 어쨌든 돌아가야 한다. 아직도 물어보고 싶은 말, 해야 할 말이 많으니까. 아니다. 그냥 여기서 죽어도 상관없다. 내가 죽는다고 슬퍼할 사람도 없을 테니까. 도리질을 하며 천장을 바라보는데 어느새 내 침대로 건너온 이모가 두 팔로 목을 감았다.

"아, 숨 막혀. 놔, 놓으라고!"

"가만히 있어 봐. 저 소리 들리지? 까악, 까악, 까마귀 소리!"

그대 눈을 감아요~

그대 내~ 품에 안겨

사랑의~ 꿈 나눠요~


이모가 꿈꾸듯 가만가만 노래했다.

"이모가 사랑했던 남자가 불러 주던 노래야. 까마귀 소리에 깨서 짜증을 냈더니 이 노랠 불러 주더라. 감미롭고 달콤한 목소리로."

기승전, 멜랑콜리한 사랑 타령이다.

"시원스런 이마에 두 눈은 빛났고 입술은 사과처럼 붉었어. 우리 둘 다 대학 마지막 학기를 남겨 놓은 때였어. 참 순수하고 겁 없던 시절이었지……. 결과적으론 망한 연애였지만, 흐."

이 분, 연애하느라 공부도 못 했겠다.

"강, 우리 강이! 쪽!"

이모가 내 두 볼을 쪽쪽대며 사정없이 얼굴을 비볐다. 이게 문제다. 이모와 엄마는 내가 언제나 어린애인 줄 안다. 내 기분과는 상관없이 장난감처럼 조물조물 만지고 비비고 깨물고 안고 뒹군다. 발끈하는 사춘기 때도 한결같이 대할 정도로 막무가내였다. 물론 요즘 내 완강한 거부에 엄마는 멈췄지만.

"아, 됐어. 그만해, 그만하라고!"

"싫어, 싫어. 난 우리 강이 좋단 말이야! 아오, 요, 이쁜 것!"

"놔, 놓으라고! 나한테 왜 그래. 왜 그러냐고! 아악!"

비명처럼 소리가 터져 나오며 눈물이 솟구쳤다. 내 의지로 제어할 수 없어서 두 팔로 머리를 안고 몸부림쳤다.

"강아, 미안해. 미안해. 내가 잘못했어. 어떡해, 어떡해!"

놀란 이모가 나를 붙잡았다.

"제발, 제발 말해 줘. 내가 누구냐고?"

"미안해, 미안해!"

"필요 없어, 다 필요 없다고!"

이대로 폭삭 꺼져 버렸으면 좋겠다. 저 까마귀 소리도, 세상 모든 것도…….


3


한수지, 독하다!

어제 종일 널브러져 있는 나를 보면서도 끝내 입을 열지 않았다. 왜, 다른 말은 다 하면서 진실에만 입을 닫을까?

"강아, 조금만, 조금만 기다려 줘."

조금만? 그게 언젠데? 알았어, 알았다고. 이젠 더 매달리지 않을게. 이러는 내 자신이 초라하고 비굴해서 미치겠어.

인도까지 날아와서 우린 왜 이러고 있는 거지?

어제 저녁에 룸서비스로 받아 놓은 샌드위치와 우유도 그대로다. 이모가 슬그머니 일어나 샤워하고 나왔다. 이모도 나도 주먹만큼 부풀어 오른 눈두덩이가 민망해서 고개를 돌렸다.

"오늘은 좀 나가 볼래?"

이모가 조심스레 물었다.

나는 대답하지 않고 부스스 일어나 욕실로 들어갔다.

샤워기에서 쏟아지는 물줄기를 맞았다. 거울 속에 비친 내 얼굴이 낯설다. 입술을 꼭 깨물었다. 그래, 일단 살아서 돌아가자. 돌아가야 엄마를 만날 수 있고 못다 한 말을 할 수 있다.

물을 한 잔 마시고 이모가 찾아 놓은 검은 민소매 티셔츠와 흰 바지를 입었다.

"너 까매져서 돌아가면 수정이가 또 야단할 거야."

이모가 선크림을 발라 주며 어설프게 웃었다.

"괜찮지? 너하고 이렇게 세트로 입어 보고 싶었어."

이모가 내 옷과 똑같은 옷을 입고 거울 앞에서 빙그르르 돌았다.

"어때? 우린 데칼코마니야."

내가 피식 웃자 이모 얼굴이 밝아졌다. 천하의 한수지, "아등바등해 봤자 사는 건 다 도긴개긴, 그냥 하루하루 웃으며 산다"를 외치던 이모가 나 때문에 웃음을 잃었다.

"강아, 고마워!"

이모가 나를 가만히 안았다. 다 쏟아 버린 줄 알았던 물기가 또 핑그르르 돈다. 그래, 우린 인도로 여행을 온 거다. 이제 여행을 시작하자.

택시를 타고 뭄바이 재래시장으로 갔다.

시장통은 사람과 자동차, 오토릭샤가 어지럽게 뒤엉켜서 열기를 뿜어내고 있었다. 얼룩소 한 마리가 길 중간에 서서 큰 눈을 껌뻑이며 똥을 싸 대고 있었지만 모두 무심히 지나쳤다.

"저런 염치없는 놈들을 신성하게 여기다니. 진짜 소들에겐 천국이나 다름없네."

소뿐만이 아니었다. 개들도 떼를 지어 쓰레기를 뒤지고 다녔다. 사람들은 눈길이 마주치면 웃었지만 나는 구역질이 날 것 같아서 고개를 돌렸다.

"인도인은 온통 종교를 위해서 살아가는 사람들이야. 다 저렇게 작은 사당을 모시고 신을 섬기고 있어.”

가게마다 울긋불긋한 그림 앞에 작은 신상을 놓고 꽃을 둔 게 이상해서 보고 있는데 이모가 설명을 해 줬다. 신? 절대자?

“주님, 우리 강이를 오늘도 지켜 주세요. 건강과 지혜를 주세요. 어디서나 칭찬받는 사람이 되게 해 주시고…….”

새벽 기도에 다녀와서 소곤거리던 엄마 목소리가 생각난다. 언제부터 내 이마에 손을 얹고 기도해 주던 것을 멈추었지? 맘대로 하라고 해, 기도해 주든 말든 무슨 상관이야. 생각을 끊으려고 애써 눈길을 돌렸다.

향신료 가게에는 색색의 향신료를 수북수북 자루에 담아 놓고 팔았다. 꽃시장에서는 가게마다 꽃을 실에 꿰어서 주렁주렁 타래를 만들어 걸어 두었다.

“아, 예쁘다. 이 꽃목걸이 좀 봐, 예쁘지? 사람에게 걸어 주기도 하고 신에게 바치기도 한대.”

이모가 노란 메리골드 꽃목걸이를 가리켰다. 노란 메리골드 사이로 엄마가 좋아하는 노란 장미가 눈에 들어왔다.

“난 차분하면서도 밝고 환한 노란색이 좋아. 노란색은 경건을 뜻한대. 경건한 졸업식에 경건한 노란 장미꽃다발, 좋잖아.”

초등학교 졸업식에 엄마가 들고 온 노란 장미 꽃다발! 그 전

날에도 엄마는 이모와 옥신각신했다.

"수정아, 왜 노란 꽃다발이야. 졸업 꽃다발은 빨간 장미가 좋잖아. 사진도 잘 나오고."

"난 노란 장미가 좋아. 언니는 빨간 장미로 하면 되잖아."

졸업식이 끝나고도 벽에 걸어 놓은 빨간, 노란 꽃다발을 보면서 은근 신경전을 벌였다. 내년 봄 중학교 졸업식에도 엄마가 노란 꽃다발을 들고 올까? 무수한 꽃 사이로 엄마 얼굴이 홀로그램처럼 지나갔다. 이러면 안 되는데, 도대체 내 속에는 얼마나 깊은 샘물이 고여 있기에 조금만 주파수를 맞추어도 이렇게 물방울이 비어져 나오는 걸까? 급히 눈을 깜빡이며 물기를 말렸다.

"강, 배고프지. 뭘 좀 먹자."

이모가 가리키는 레스토랑으로 갔다. 통유리로 된 레스토랑은 온통 꽃과 나무로 어우러져 있었다. 우리는 부겐베리아가 아름답게 피어 있는 식탁에 자리 잡고 양고기 스테이크를 주문했다.

"우리 맛있게 먹자. 금강산도 식후경이라는데 먹어야 힘이 나지. 어서 먹어."

이모가 잘라 준 스테이크는 육질이 부드럽고 고소했다.

"맛있지?"

"응."

이모 얼굴이 환해졌다. 역시 이모의 회복탄력성은 끝내준다. 그래, 웃어 주자. 이모의 인생철학처럼 웃으며 살자, 마음을 다잡는데 또 울컥 올라온다. 꽃을 봐도, 맛있는 것을 먹어도, 왜 동그란 얼굴이 먼저 떠오르는지 모르겠다.

"한강, 천천히 먹어."

민망해서 입안 가득 고기를 욱여넣었다.

"아무 걱정하지 마. 우린 잘할 수 있어."

이모의 엉뚱한 위로에 피식 웃음이 나왔다.

"우리 강이, 양고기 잘 먹네. 이모도 서울에 양고기 식당이나 하나 내 볼까?"

이모는 어쩔 수 없는 장사꾼이다. 사업을 벌이기도 잘하고 말아먹기도 잘한다. 노래방, 생맥주집, 밥집, 지금의 노래주점. 엄마 말로는 돈을 모을 만하면 업종을 바꿔서 말아먹기 일쑤라고 했다. 귀가 얇아서 남의 말을 잘 듣는 게 탈이라고도 했다.

양고기가 생각보다 먹을 만했다. 매콤한 칠리 소스도 입에 맞았고, 날아갈 듯한 밥알도 씹는 맛이 있었다. 내가 접시를 말끔히 비우자 이모가 눈을 크게 떴다.

"어, 우리 강이 인도 칠리 맛을 아네. 어쩜 입맛까지……."

말끝이 흐려지면서 이모 두 눈에 설핏 물기가 돌았다. 하여튼 한수지, 저렇게 감정이 시소를 타니 동생에게 맨날 쪼이지.

"아, 미안. 지나간 일이 떠올라서. 그 남자가 인도 칠리를……."

"가자."

또 신파가 시작될 것 같아서 말꼬리를 자르며 일어섰다. 더 들어봤자 혼자서 각본, 각색하고 끈적한 감정까지 덧입힌 뻔한 스토리일 것이다.

레스토랑에서 나와 오래된 유적지와 사원에도 가고 배를 타고 코끼리섬 투어도 했다. 하지만 모든 게 다 시들했다. 줄곧 맥락 없는 이야기로 나를 웃게 해 주려는 이모가 안쓰럽기는 했지만 지하 100층쯤에 내려가 있는 내 마음은 쉽사리 올라오지 않았다.

4

도비가트는 빌딩 숲 사이에 있는 대규모 빨래터였다.

택시를 타고 오면서 여행 가이드북을 읽었는데 매일 칠천 명이 넘는 사람이 도비가트에서 빨래를 한다고 한다. 뭄바이 시내의 호텔 시트와 이불을 이곳에서 대부분 빨아서 준다고 하니, 내가 눈물 콧물을 닦은 시트와 이불도 이곳에 다녀갈 것이다. 드물게 세탁기를 사용하는 사람도 있지만 아직도 대부분은 손발로 빤다고 한다.

관광객을 위해 만들어 놓은 전망대에서 빨래터를 내려다보았다. 기다란 줄에 널어놓은 색색의 빨래가 따가운 햇살을 받아 내고 있었다. 서서 빨래를 밟거나 엎드려서 빨래를 두드리는 사람들. 아버지가 빨래를 하고, 아들이 또 빨래를 하고, 그 아들의 아들도 굴레처럼 고된 노동을 이어 간다.

엄마도 온종일 옷을 뜯고 가위로 자르고 재봉틀을 돌린다. 손님이 재촉하면 밤중에도 일한다. 어릴 때 나는, 일하는 엄마 옆에서 놀았다. 엄마는 일을 하면서도 늘 조바심치며 나에게 말했다.

"사랑하는 엄마 보물, 잘 놀고 있지? 귀여운 내 새끼, 착하지 우리 한강, 엄마가 님프 노래 불러 줄까?"

그때 엄마가 무한 반복하며 부르던 노랫말이 생각난다.

어서 오너라, 님프야~~
즐거운 노래 부르면서 흥겹게 호들갑을 떨며~~
근심일랑 훌훌 던져 버리고 마음껏 웃어 주지 않으련


'웃어 주지 않으련'을 부르고 두 눈을 크게 뜨고 깜짝 놀란 표
정을 지었지. 나는 그 모습이 재미있다고 깔깔댔고. 그렇게 엄
마 옆을 맴돌던 꼬맹이가 초등학생이 되어서는 학원 때문에
엄마 옆에 있을 수 없었다. 사춘기가 되면서 옷에 실밥을 붙이
고 일하는 후줄근한 엄마가 창피했다. 어쩌다 친구 엄마가 가
게에 오면 재빨리 문을 닫고 들어가거나 바깥에서 시간을 때
웠다. 중학교 3학년이 된 지금은 엄마가 조금도 창피하지 않은
데⋯⋯. 이번에 돌아가면 자꾸 무릎 아프다, 어깨 아프다, 하지
말고 병원에 가 보자고 해야겠다. 내가 그렇게 해도 될까?
　"어머, 저 애 좀 봐. 지붕 위에서 놀고 있네."
　이모가 선글라스를 벗어 들며 안쓰러운 표정을 지었다. 나
지막한 지붕 위에 앉아서 손장난을 하는 아이는 대여섯 살 정
도 되어 보였다.
　"아이가 무슨 죄람? 카스트 제도가 사라지지 않는 한, 저 아
이도 나중에 빨래하는 도비왈라로 살게 될 거야. 참, 안됐어."

이모, 여기 안된 아이 한 명 추가요. 그래도 저 아이는 자기를 낳아 준 엄마가 누군지는 알고 있을 테지만, 난?

"돌아갈까?"

"조금만 더 보고."

나는 자리에 쪼그려 앉아서 멀거니 지붕 위의 작은 아이를 내려다보았다.

아이야, 우리에게 선택지는 없었어. 누가 원했냐고. 가난한 도비왈라, 가난한 도비왈라의 자식, 한강옷수선집의 한수정, 한수정의 딸로 살아온 나 한강. 가난한 우리가 무얼 할 수 있었겠니? 어쩌면 혼자 뙤약볕 아래 놀고 있는 너와 엄마 옆을 맴돌던 나는 이미 슬픈 아이로 인생을 시작한 거야. 가난을 벗어나 우리에게 희망을 꿈꿀 수 있는 그 무엇은 없을까?

호텔로 돌아오다가 이모가 말했다.

"우리 인도 영화 보자."

"웬 영화?"

"여기가 인도 영화 발리우드의 중심지야. 너처럼 춤꾼이라면 인도 영화는 꼭 봐야 해. 완전 뮤지컬이거든. 춤과 노래가 정말 근사하고 화려해."

뜬금없는 제안이었지만 춤이라는 말에 솔깃했다.

인도 영화는 화려함의 극치였다. 잠시도 눈을 돌릴 수 없게 만드는 아름다운 옷과 현란한 춤, 인도 특유의 강한 비트가 느껴지는 음악. 배경도 멋있었다. 나도 영화에서처럼 춤추고 싶어서 몸이 흔들거렸다. 스토리는 한 남자를 사이에 놓고 벌이는 두 여자의 삼각관계 사랑 이야기였다. 가장 인상적인 것은 주인공들의 얼굴이었다. 어쩜 저렇게도 조각 같을까? 여자 주인공 집 앞에서 남자 주인공이 죽으며 끝나는 뻔한 결말이었지만 영화가 끝나도 배경과 인물, 춤에 대한 잔상이 눈앞에 어렸다.

"슬픈 사랑 이야기는 언제 봐도 눈물 나. 이모, 로맨틱하지?"

로맨틱이 얼어 죽었나. 나는 훌쩍거리는 이모가 당황스럽고 민망해서 얼른 팔을 잡아 일으켰다.

호텔로 돌아온 이모가 발코니에 탄두리 치킨과 맥주를 펼쳐 놓았다.

"강, 우리 기분도 꿀꿀한데 맥주 한 잔 하자."

이모가 치킨을 깨작거리고 있는 나를 물끄러미 바라보면서 무슨 말을 할 듯 말 듯 망설였다. 내가 원하는 진실이 아니면 입을 열지 마. 아니다, 말을 해. 이모가 알고 있는 것, 뭐든지 좋

아. 모두 털어놓으란 말이야. 언제까지 숨기고 얼버무릴 거야. 속에서 목울대가 울울하도록 말이 끓어올랐다. 이모가 검푸른 바다를 멍하니 바라보며 묵묵히 맥주를 마셨다. 나는 슬그머니 방에 들어와 이불을 뒤집어쓰고 누웠다.

오늘 도비가트에서 본 아이 때문에 생각난 노래가 입안에서 맴돌았다. 어서 오느라 님프야, 즐거운 노래 부르면서 흥겹게 호들갑을 떨며, 근심일랑 훌훌 던져 버리고 마음껏 웃어 보지 않으련, 아하~. 엄마 흉내를 내며 입을 딱 벌렸다. 막혔던 가슴에 숨구멍이 생긴 것 같이 속이 좀 뚫렸다. 그래, 잊었던 노래를 기억 속에서 찾아냈듯이 오늘 밤은 엄마와 함께했던 좋은 기억만 찾아보자. 아침에 눈 뜨고 일어나서 잠자리에 드는 순간까지 서로 바라보며 참 많이도 웃었는데, 그게 행복이라는 것이었을까?

5

이모가 그윽한 눈으로 나를 내려다봤다. 내 머리를 쓸어 올려 주는 손길도 부드러웠다. 하지만 나는 이모 눈길을 외면하며 손을 밀어냈다.

"강, 어제 저녁엔 이모가 미안! 괜한 감정에 빠져서 혼자 너무 마셨네."

흥, 입에 발린 소리다. 내가 말없이 돌아눕자, 이모가 목을 길게 빼고 내 어깨를 감쌌다.

"고맙고, 사랑해, 우리 아가!"

"쫌!"

나를 끌어안은 이모 숨결에서 텁텁한 냄새가 났다. 사랑을 이렇게 앵무새처럼 입으로만 되뇌어도 되는 걸까? 정말 나를 사랑한다면 내 고민에 대해 공감하고 진실을 말해 줘야지. 이렇게 어물쩍 넘어가려는 의도는 무엇일까? 내가 잊을 때까지 버텨 볼 작정? 아님, 엄마의 어떤 지령을 받았나?

"강, 우리 씻고 밥 먹으러 가자. 둘이서 우아하게 호텔 조식으로."

이모의 채근에 눈곱만 떼어 냈다. 1층 로비 옆에 붙어 있는 식당 내부는 샹들리에의 은은한 불빛 아래, 꽃으로 장식된 벽면과 흰 테이블이 아름답게 배치되어 있었다. 식당에서 만나는 사람들이 이모와 눈길이 마주치면 환하게 웃었다. 종업원들도 "마담, 마담" 하면서 이모를 환대했다. 이모는 조금 전까지 방에서 헐렁한 고무줄 바지로 뒹굴던 여자가 아니었다. 풍성하게 어깨선을 타고 흘러내리는 긴 머리와 늘씬한 미모가 영화에서 금방 빠져나온 배우 같았다. 정말 변신의 천재였다.

이모가 내 앞에 음식 접시를 내려놓으며 웃었다.

"이 정도 먹어 주면 우아한 아침이겠지?"

나도 모르게 한숨이 푹 나왔다.

"강, 제발!"

"뭐?"

"제발 그 인상 좀 풀어. 우리 여행 왔잖아. 좀 즐기면 안 돼?"

웃겨, 지금 내 처지에 뭘 어떻게 즐기라는 거야! 금세 까칠해진 내 모습에 이모가 볼멘소리를 했다.

"좀 즐겁게 식사하자고요."

나도 그게 잘 안 된다고요. 내 마음을 나도 어떻게 할 수 없다고. 내 처지에 뭘 꾸역꾸역 먹어야 한다는 게 징그럽다고. 목구멍이 터지게 소리치고 싶었다. 나는 그대로 일어섰다. 도대체 갈피를 잡을 수가 없다. 순간순간 변하는 내 모습이 무섭고, 한심하다. 나 원래 이런 아이가 아니었잖아?

어떡해야 하나?

로비로 나와 창문에 붙어 서서 우두커니 밖을 내다보았다.

정원의 큰 나무에 까마귀가 열매처럼 새까맣게 매달려 있었
다. 새벽에 바다를 뒤덮었던 까마귀들이 낮에는 나무에서 휴
식을 취하는 모양이다. 집도 없이 저렇게 한뎃잠을 자야 하는
저 까마귀들도 힘들게 사는구나!

"강, 이모가 미안해. 우리 들어가서 같이 밥 먹자."

뒤따라 나온 이모가 사정했다. 내 눈치를 보는 이모도 불쌍
하다. 나는 못 이기는 척, 이모가 내미는 손을 잡았다. 입안이
깔깔했지만 고개를 숙이고 조용히 접시를 비웠다.

아침을 먹고 호텔을 나오는데 아이들이 쪼르르 달려와 손을
내밀었다.

"박시시. 박시시!"

이모가 지갑을 열고 1루피 동전을 꺼내어 손바닥 위에 올려
주었다.

"박시시는 기부나 후원을 하라는 뜻일 거야."

쟤들은 자존심도 없나. 구걸하면서도 헤벌쭉 웃고 있다.

"힌두교의 윤회설 때문이야. 지금은 구걸해도 다음 세상에
서는 높은 계급으로 태어날 수 있다고 믿으니까, 웃을 수 있는
거야."

누군가 지어낸 허무맹랑한 이야기가 아이들을 세뇌시키고

고달픈 삶에 희망을 갖게 하는 모양이다. 모양도 형태도 없는 이야기의 힘. 저 아이들은 어른들의 하얀 거짓말에 속고 있고 나는 새빨간 거짓말에 속은 채 살았다. 이런 염치없고 뻔뻔한 거짓말은 다 어른들이 만들어 낸 것이다. 아이들에게는 거짓 말하면 안 된다고 하면서, 그렇게 가르치면서.

내가 유치원에 다닐 때였다.
"엄마, 난 왜 아빠가 없어?"
"한강, 넌 처음부터 아빠가 없었어."
"왜? 다른 애들은 아빠가 있잖아."
"다들 아빠가 있으면 이상하잖아. 다른 애들이 다 아빠가 있을 때 한강은 아빠가 없으니 특별한 거야."
"특별한 게 좋아?"
"그럼, 특별한 게 좋지. 평범한 건 촌스러워."
나는 엄마 말을 그대로 믿었다. 유치원 선생님이 어버이날 아빠 참관 수업이 있다고 했을 때 나는 발딱 일어났다.
"저는 아빠 없어요."
"응, 그, 그래."
내 똘똘하고 당찬 말에 선생님이 당혹감을 감추지 못했다.

난 다시 큰 소리로 말했다.

"저는 특별해요. 아빠가 있으면 촌스럽잖아요."

다음 날, 유치원에 체육을 가르치러 오는 선생님과 짝을 이루어 게임도 하고 달리기도 했다. 그게 다 내가 특별해서 그런 줄 알았다. 어린 마음에도 뭔가 좀 허전하긴 했지만 그건 그냥 느낌이었다. 초등학교에 들어가서 아기가 어떻게 생기는지를 배우게 되었다. 나는 엄마에게 따져 물었다.

"엄마, 정말 우리 아빠는 어디 있어?"

"처음부터 없었다고 했잖아."

"나도 다 알아. 아빠 없이 엄마 혼자 아기를 낳는 게 말이 되냐고?"

"얜, 정말 엄마 말을 못 믿네. 너 학교에서 아기가 어떻게 생기는지 배웠지?"

"응, 난자와 정자가 만나서."

"그래, 바로 그거야. 아빠가 없어도 난자와 정자가 만나게만 해 주면 아기가 만들어지는 거야. 그래서 엄마는 병원에 가서 의사 선생님한테 부탁했어. 아기가 너무 갖고 싶은데 결혼할 생각이 없으니 도와 달라고. 그래서 의사 선생님이 정자은행이라는 곳에서 정자를 구해 와 엄마 몸에 넣어서 정자와 난자가 만나게 해 준 거야. 그러니까 넌 처음부터 첨단 과학으로 잉태되고 태어난 특별한 아이라고. 이제 이해가 가니?"

엄마의 촘촘한 설명에 고개를 끄덕일 수밖에 없었다. 그러나 첨단 과학으로 태어난 게 특별한 것 같지는 않아서 한마디 덧붙였다.

"치, 그건 특별한 게 아니고 불쌍한 거네 뭐. 아빠가 누군지도 모르잖아."

"야아, 그건 아니야. 남자한테 직접 정자를 받는 것보다 과학의 힘으로 해결하는 게 훨씬 깔끔하잖아. 넌 애가 왜 그렇게 고리타분하니? 앞으로 봐. 이제 몇 년 있으면 여자들이 결혼 안 하고 엄마처럼 아이를 가질 테니까. 참, 텔레비전에 나오는 걸 보니까 어떤 방송하는 예쁜 아줌마도 그렇게 해서 아기 낳아 키운다고 자랑하던데. 그 아줌마도 나를 따라했나 봐. 엄마는 시대를 앞서가는 사람이야."

나는 똑 부러지는 엄마 말에 수긍했다. 한편으로는 첨단 과학 시대에 그런 세련된 생각을 먼저 한 엄마가 자랑스럽기도 했다. 그때부터 친구들에게도 당당하게 말했다. 난, 우리 엄마처럼 결혼하지 않고 예쁜 아기를 낳을 거라고. 내 어린 순수마저 깡그리 뭉게 버린 나쁜 엄마.

# 내가 누구냐고?

6

이모가 쭈뼛거리다가 계면쩍게 말했다.

"오늘부터 그 남자 좀 찾아보려고. 같이 가 줄래?"

"뭐야, 우리 여행 온 게 아니었어?"

"여행도 하고 사람도 찾고. 미안해!"

"좋아."

이모 표정에 어떤 간절함이 느껴져서 깔끔하게 허락했다.

"고마워, 강. 거기 가면 삶의 밑바닥을 보게 될 거야."

왜 하필 밑바닥이야. 내 마음이 지금 바닥을 치고 있는데.

"카스트 제도의 가장 하층민인 불가촉천민이 사는 동네야.

예전에 보낸 편지에 뭄바이 불가촉천민촌에 있다고 했거든."

이모가 썬캡에 양산까지 챙겨서 앞장섰다. 선뜻 대답은 했지만 썩 기분이 좋지 않았다. 아무리 곁다리로 따라왔지만 알지도 못하는 남자를 찾기 위해 낯선 곳을 헤매야 하다니, 깔끔한 허락과는 달리 속에서 투덜투덜 불만이 터져 나왔다.


불가촉천민이 사는 빈민가는 판자를 덧대어 만든 게딱지 같은 집이 빼곡히 이어져 있었다. 아니, 집이라고 하기엔 너무 낮고 작고, 낡은 상자 같았다. 뭄바이 중심가에 높이 치솟은 빌딩 숲과 완전 비교되는 이런 처절한 동네가 있다니, 보면서도 믿어지지 않았다.

오물이 고여 있는 좁은 골목에 들어서자 땟국이 흐르는 아이들이 졸졸 따라왔다. 졸지에 우리는 동화에 나오는 피리 부는 아저씨가 되었다. 얼굴을 찡그리며 힐끔거리는 내 모습이 신기한지 아이들은 헤벌쭉 웃으며 옷을 잡아당기기도 하고 가방을 툭툭 치기도 했다. 이런 상황을 예측했는지 이모가 가방에서 사탕 한 봉지를 꺼냈다. 사탕을 본 아이들이 서로 다투며 손을 내밀었다.

"네가 나눠 줄래?"

아이 중에서 키 크고 어깨가 넓은 여자아이에게 이모가 사탕 봉지를 건네자 그 아이 쪽으로 모두들 몰려갔다. 아이들이 또 몰려오기 전에 빨리 빠져나가야 할 것 같아서 이모 손을 잡아끄는데, 어디에선가 강한 힙합 비트가 들렸다. 고개를 갸웃거리며 소리를 쫓아갔다. 골목 중간쯤 공터에서 내 또래 아이들이 모여서 어설프게 비보잉을 하고 있었다.

한동안 춤을 잊고 살았는데 동물적인 감각으로 몸이 깨어나는 느낌이 들었다. 잠시 멈칫하는 사이 이모가 눈짓을 하며 나를 밀었다. 그래, 딱 한 번 볼 아이들인데 어떠랴. 나는 서슴지 않고 모자를 돌려 쓴 후, 아이들 사이로 뛰어들었다. 먼저 설렁설렁 흐느적, 흐느적 톱 록으로 천천히 열기를 끌어 모았다.

"와!"

처음에는 놀란 눈빛으로 의아하게 쳐다보던 아이들이 다운 록으로 그루브를 타자 함성을 질렀다. 함성 소리에 열기가 느껴져서 파워 무브로 유연하게 바운스, 바운스 원스텝, 트리플 스텝…….

강한 비트에 몸을 실었다.

어디서 몰려왔는지 삽시간에 애 어른 할 것 없이 사람들이 벽을 쌓으며 둘러섰다. 흔들리는 팔과 다리 사이로 깡마르고 검게 탄 사람들의 얼굴이 모자이크처럼 뭉쳤다 흩어졌다. 각기 생긴 모습은 다르지만 그들의 응어리진 삶의 흔적이 어떤 결정체처럼 맺히는 듯 했다. 구르브, 바운스, 바운스, 트리플 스텝, 텝 스텝…….

"와, 와!"

"브라보!"

소리치던 아이들 서넛이 옆에서 내 동작을 따라 하기 시작했다. 나는 숨을 고르며 그들이 따라 할 수 있도록 천천히 톱록으로 돌아갔다가 스텝을 넓히며 파워 무브와 다운 록으로 간결하게 변화를 주었다. 서툴지만 서로의 감성이 부딪치니 소울이 쏟아지는 것 같았다. 얼굴에서 흐르는 땀이 가슴을 적시며 뚝뚝 떨어졌다.

힙합은 애초에 흑인의 필로 만들어진 음악이라 단순히 흔들흔들 따라 하기만 해도 감정 이입이 잘 된다. 나의 소울과 지금 옆에서 춤추고 있는 아이들의 알 수 없는 어떤 소울이 하나가 되어 끈적끈적 녹아내리는 느낌, 춤추는 자만이 알 수 있는 그 무엇이 그들의 가슴으로, 아니 내 가슴으로 천천히 스며들고 있었다.

이 초라한 골목에도 햇볕은 쏟아지고 아이들은 웃는다.

나도 쏟아지는 햇볕 아래에서 저렇게 웃고 싶다. 한수정, 엄마…… 엄마. 갑자기 숨이 가빠지면서 가슴이 싸르르 아파 왔다. 이제 춤을 멈추어야 할 것 같다. 내 아픔을 가슴에 아로새기며 춤추기에는 이 낮은 골목에 내려앉은 햇빛이 너무 강렬했다.

"가자."

활짝 웃으며 손뼉을 치고 있는 이모 손을 다짜고짜 잡아끌었다. 부리나케 골목을 빠져나오는데 뒤에서 아이들이 소리쳤다.

"굿바이!"

나도 돌아서서 흐르는 땀을 흩뿌리며 두 팔을 흔들었다.

"굿바이!"

이모가 손수건으로 내 이마와 목덜미를 닦아 주었다.

"정말 멋지다! 이번에 돌아가면 수정이한테 말해야겠다. 한강의 꿈을 막지 말라고."

맞다, 내 꿈은 백댄서다. 초등학교 5학년 때, 엄마를 졸라 춤을 배우기 시작했다. 어렵고 힘들 때도 많지만 그래도 나는 춤출 때가 좋다. 고등학교도 댄스학과가 있는 곳으로 가고 싶은데 엄마가 반대한다. 춤은 취미로만 추라고. 하지만 난, 모든 춤을 출 수 있는 최고의 댄서가 되고 싶다. 어떤 장단에도 맞출 수 있는 춤꾼. 엄마가 정말 허락해 줄까, 엄마가?

골목을 빠져나온 이모가 또 다른 골목으로 접어들며 기웃, 기웃댔다.

"아, 그만 가."

"미안. 조금만 참아 줘."

이모 얼굴도 땀에 젖어서 번들거렸다.

"그 남자가 아직 여기 있을지 몰라서."

참, 가지가지 한다. 서울에서 김서방 찾기도 아니고.

이모는 골목을 지나며 사람들을 붙잡고 물었다.

"해브 유 에버 씬 어 코리안 인 디스타운?"

사람들은 빙글빙글 웃으며 고개를 가로저었다. 날은 덥고 파리 떼는 달려들고 악취에 코를 들 수가 없는데도 이모는 종횡무진 헤매고 다녔다. 그 운명의 남자는 어떤 사람이기에, 도대체 얼마나 서로 사랑했기에 저렇게 잊지 못할까? 사랑하면서 왜 헤어져야만 했을까? 사랑하는데 헤어질 수도 있다? 이건 엄청난 모순이다. 그럼 엄마와 나도 이 모순대로 흘러가는 걸까?

"발 아프지? 그만 가자."

하얗게 쏟아지는 빛 속에서 이모가 쓸쓸히 돌아섰다. 이모의 저 슬픈 눈빛과 내 눈빛이 닮았다는 생각이 들었다.


7


세차게 비가 내렸다. 사흘째다. 아라비아 해 검푸른 파도가 도로에 솟구치며 흰 포말을 쏟아냈다. 지금은 몬순기라 비가 많이 내린다고 한다. 나는 꼼짝없이 호텔에서 뒹굴었고 이모는 비옷과 우산으로 무장하고 날마다 나갔다.

"강, 어차피 오늘 밤이면 뭄바이를 떠나잖아. 오늘은 같이 나가자."

창문에 붙어서 밖을 내다보거나 로비에서 서성대는 것도 지겨워서 우산을 찾아 들었다. 도로에는 빗물이 넘쳐나고 온갖 쓰레기가 둥둥 떠다녔다. 길옆으로 군데군데 나무가 쓰러져 가로누운 곳도 있었다. 멍청한 소들은 물속에 서서 고개를 쳐들고 하늘을 향해 길게 울었고 개들은 주둥이를 처박고 먹이를 찾고 있었다.

오늘도 불가촉천민 마을이다. 나는 골목 입구에 서 있고 이모는 골목으로 횡하니 들어갔다. 여기저기 파인 땅바닥에 빗물이 고여 있고 떨어지는 빗방울이 동심원으로 퍼져 나갔다. 나는 우산을 쓴 채로 신에게 꽃을 바치러 가는 사람들을 바라보았다.

조리를 신고 첨벙거리며 꽃을 들고 가는 사람들. 저건 판타지다. 아니, 상상으로 희망을 조합하고 있다. 현실의 가난과 아픔을 이겨 내기 위해서. 그래서 엄마도 해리포터 책을 좋아했나? 엄마의 버킷 리스트 중 하나는 일 때려치우고 해리포터 전권을 마음 놓고 읽는 것이라고 했다. 해리포터를 읽는 엄마의 판타지와 꽃을 든 사람들의 판타지는 결국 스스로 위로하고 희망을 꿈꾸는 일이었을까?

비가 그쳤다.

집 앞에 나란히 놓아 둔 크고 작은 플라스틱 통에 빗물이 고여서 찰랑거렸다. 골목 첫 집 아주머니가 아기를 안고 나오더니 빗물에 아기를 씻겼다. 아기가 앙앙대자 아주머니가 아기를 달래며 손끝에 묻은 비누 거품을 후후 불었다. 비누 거품이 동글동글 떠다녔다. 아기가 까르르 웃었다. 아기의 웃음과 아주머니의 손길이 신비롭고 아름답게 보였다.

엄마도 늘 내 손을 잡고 사우나에 갔다. 뜨거운 탕에 들어가 서로 마주 보고 웃으며 이야기했다. 엄마는 나를 앉혀 놓고 때를 밀어 주었다. 따뜻하고 부드럽던 그 손길. 눈물이 났다.

"알 유 시크?"

아기를 안은 아주머니가 내 팔을 잡고 흔들었다.

"엄마, 엄마가 보고 싶어요."

내 말을 이해했는지 아주머니가 한 팔로 나를 감쌌다. 나도 모르게 아주머니 가슴에 얼굴을 묻었다. 엄마 품에 안긴 아기도 내 머리를 가만가만 어루만졌다.

핏줄, 그게 그렇게 중요할까? 핏줄로 맺어지지 않으면 엄마와 딸도 소용없는 것일까? 엄마 등을 밀어 줄 수도 없을 만큼?

"강, 왜 그래?"

골목을 나오던 이모가 나와 아주머니를 본 모양이다.

"사람들이 너무 불쌍해. 아기는 넘 귀엽고."

가당치 않은 말로 얼버무렸다.

"귀욤 하면 또 우리 강이지. 너 아가 때 진짜 귀여웠어. 방긋방긋 웃을 때 보면 진짜 심장이 쫄깃해지면서 살살 녹았다니까."

이모가 물통의 빗물을 퍼서 샌들을 씻어 내며 웃었다.

"순 떼쟁이기도 했고. 큭큭, 유치원 버스 내리면 우산 팽개치고 비 맞겠다고 떼쓰고, 한밤중에 일어나 가방 찾아 매고 유치원 간다고 울고. 아, 그거 생각난다. 곰 인형 있잖아. 크고 검은 곰. 네가 곰한테 아이스크림 먹인다고 아이스크림을 다 쏟아 붓고 난리 쳤잖아. 나는 속에서 열불이 나는데 네 엄마는 그래도 화를 안 내더라. 까칠한 한수정도 너한테는 못 당했지."

샌들을 씻고 우산을 털면서 엉뚱한 말로 내 감정을 잠재운 이모가 고마웠다.

"렛츠 테이크 어 픽쳐."

지나가던 아이 몇이 우리 옆으로 모여들어 카메라를 가리켰다. 애들이 눈치도 없다. 지금 이 토끼 눈으로 사진을 찍을 수 있겠니? 인상을 쓰며 옆으로 비켜섰다. 이모가 아이들을 쪼르르 세워 놓고 사진을 찍었다. 출력할 수 없는 사진이지만 아이들은 화면 안에 담긴 자기 모습을 보며 즐거워했다.

"그 남자를 알고 있는 사람을 만났어. 오래 전에 바라나시로 갔대. 바라나시에 가면 만날 수 있을 지도 몰라."

이모 눈빛이 반짝거렸다. 그 남자가 이모 인생에서 그렇게 중요한가. 정말 이해할 수가 없었다.

## 8

'차트라파티 시바지 터미널', 뭄바이 중앙역 앞에 이른 순간, 나도 모르게 와아~, 감탄이 터져 나왔다. 해거름인데도 짙푸른 하늘을 배경으로 웅장한 붉은 건물이 황금색 불빛을 달고 눈부시게 빛나고 있었다.

"이 중앙역이 유네스코에 등재된 세계 문화유산이래. 인도는 참 많은 문화유산을 가진 멋진 나라야. 이제 곧 보게 될 아잔타, 엘로라, 타지마할도 굉장할 거야."

이모가 찬란한 역사를 올려다보며 설명을 해 줬다. 진짜, 기차역이 아니라 멋진 임금님이 살고 있을 것 같은 궁전 같았다.

해가 꼴깍 넘어간 후에야 우리가 타고 갈 기차가 들어왔다. 야간열차는 슬리퍼 칸으로 간이침대가 서로 마주 보고 아래위, 세 칸으로 나뉘어져 있었다. 이모는 중간, 나는 맨 위 칸으로 올라갔다. 잠든 사이에 물건을 훔쳐 가는 사람이 있다고 해서 침대 모서리 쇠기둥에 쇠줄과 자물쇠로 배낭을 묶어 놓고 신발도 봉지에 싸서 침낭 안에 넣었다. 이렇게 전투적인 자세로 잠을 잔다니 무서웠다. 희미한 불빛에 보이는 인도 사람들의 짙은 눈썹과 커다란 눈동자도 겁나고, 잠이 들면 누가 납치

극이라도 벌일까 봐 불안했다.

"자?"

나는 좌석 틈에다 입을 대고 소리를 낮췄다.

"응, 왜?"

"무서워."

"걱정하지 말고 자. 이모가 이 한 목숨 바쳐 널 지킬 테니까."

농담 같은 말이지만 기차 안에서 믿을 수 있는 사람은 이모뿐. 절박하니 이런 농담도 위로가 되었다. 눈을 감았지만 덜컹거리는 기차 소리와 창문으로 들어와 머리카락을 흩뜨리는 바람 때문에 잠이 오지 않았다. 가방에서 가이드북을 꺼냈다. 희미한 불빛 아래에서 여러 도시를 찾아보았다. 뭄바이, 아우랑가바드, 아잔타, 카주라호, 바라나시, 델리, 다 낯선 이름이다. 그중에서 이모가 볼펜으로 몇 번이나 동그라미를 쳐 둔 바라나시가 눈에 띄었다. 바라나시, 아, 맞다. 그 남자가 간 곳이 바라나시라고 했다.

"강, 안 자?"

책장 넘기는 소리를 들은 모양이다.

"잠이 안 와."

"그럼 이모가 얘기해 줄까?"

딱 둘이서만 들리게 소곤거렸다.

"음, 이모가 그 남자랑 뭄바이에서 며칠 지냈다는 얘길 했지. 그리고 우린 이렇게 기차를 탔어. 그때도 밤기차를 탔는데, 난 지금 너처럼 맨 위 칸에 그는 아래 칸에. 아침에 아우랑가바드 역에 내려 보니 이 남자가 눈이 완전히 풀린 거야. 뭐, 밤새 인도 남자들이 나를 채 갈까 봐 지키느라고 잠을 못 잤다나."

"성실하네. 근데 왜 하필 인도에 왔어?"

"그 남자는 우리나라 역사뿐만이 아니라 세계 역사를 꿰고 있는 역사 빠꼼이야. 둘이 있을 때도 늘 어느 왕조가 어떻고, 어떤 왕은 어떻고 그런 얘기만 하더니 어느 날, 인더스 문명의 발상지인 인도에 꼭 가 보고 싶다고 했어."

이십 대의 이모는 지금보다 더 예뻤을 거다. 그 예쁜 시절에 사랑에 빠져서 인도까지 여행을 온 용기가 대단했다.

"왜 헤어졌어?"

"그 남자는 고등학교 때부터 NGO 단체에서 봉사 활동을 했는데 인도에 다녀온 후 아예 국제 구호 단체에 취업해 버린 거야. 첫 발령지가 인도 뭄바이 빈민가였고."

"왜 같이 안 갔어?"

"난, 내 일이 있었으니까. 이모가 그때 첫 앨범을 준비하고 있었거든. 좋은 작곡가 선생님도 만났고. 곧 정식 데뷔를 앞두고 정신없을 때라 쿨하게 잘 가라고 했어. 사랑하지만 서로 가는 길이 달랐으니까. 어쨌든 뭐, 괜찮아."

"뭐가 괜찮아?"

"내 옆에는 강이 네가 있으니까."

"내가 왜?"

"내가 강이를 사랑하니까."

"피이, 사랑 그딴 거 지겨워."

"지겹긴? 사랑엔 지겨움이 없어요. 강이 넌 한수지, 한수정에게 내려온 가장 소중한 사랑의 선물이야."

뻔뻔해, 난 포장지 리본을 풀어서 갖고 놀면 되는 물건이 아니라고!

"참, 이건 비밀인데, 어떤 땐, 수정이가 널 독차지하고 예뻐하는 것 보면 질투가 막 난다. 내가 널 더 많이 사랑하는데, 하면서. 물론 속으로만."

질투는 개뿔. 두 여자 틈바구니에서 살아가는 게 얼마나 힘든지 알아? 그 얄팍한 사랑 타령으로 이때껏 둘이서 나를 세뇌시킨 거라고.

"이제 네 차례야. 이모의 러브 스토리를 들었으니까 이제 너도 남자 친구 이야기 좀 해 봐."

"난, 없어."

단번에 딱 잘랐다.

"그냥, 아무거나 해 봐. 왜 있잖아. 황금당 금은방 사장님 아들. 너랑 친하잖아."

"걘 그냥 남자 사람 친구야."

"참, 지난번 너 가출했을 때 그 애가 찾아와서 묻더라. 한강, 왜 결석했어요 하고."

난 관심 1도 없는데 김선우 그 녀석이 또 오지랖을 피운 모양이다. 김선우와 나는 유치원 꼬맹이 때부터 같이 놀던 동네 친구다. 그 녀석은 걸핏하면 "나중에 이만큼 크면 한강한테 황금당 금반지 목걸이 다 줄 거야" 하면서 뻥을 치기도 했다.

"아, 그 애. 아니야. 그 애 말고 있어. 공부 열라 잘하고 잘난 척 하는 앤데……."

"그래서? 사귀는 거야?"

이모가 금맥이라도 발견한 듯 바짝 캐고 들었다.

"그런 거 아니야. 내가 혼자서 좋아하는 애야. 이모, 나 잔다."

"피이, 더 듣고 싶은데."

이모가 아쉬워했지만 나는 입을 꾹 다물었다.

정시우, 내가 좋아하는 애. 이상하게도 그 애를 생각하면 뭔가 할 말이 많은 것 같기도 하고, 없는 것 같기도 하다. 사귀는 것도 같고, 아닌 것 같기도 하고, 서로 사귀자고 고백한 적이 없어서 그런가?

눈을 꾹 감았다. 기차 안을 맴도는 후텁지근한 바람과 흩뿌려지는 인도 특유의 냄새 때문에 머리가 지끈거렸다. 밑에서 얕게 코 고는 소리가 들렸다. 이모도 잠이 든 모양이다. 고개를 돌려 보니 차창 유리로 반대쪽 사람들이 누운 좌석과 그 사이로 삐죽 나온 머리들이 어둠 속에서 기하학적으로 모양을 드러냈다. 섬뜩함이 느껴져서 담요를 머리 위로 끌어올렸다. 쉽사리 잠들지 못할 것 같은 밤이다.

## 9

정시우, 그 앤 지금쯤 뭘 하고 있을까?

나, 인도여행 간다. 방학 잘 보내.

떠나기 전날 밤, 톡을 보냈다. 아침에 일어나 확인해 보니 읽지 않았다. 방학 동안 기숙 학원에 간다더니 바쁜 모양이다. 정시우는 우리 반 반장이다. 공부도 잘하고 매너도 좋고, 친절하고 잘생겼다. 하림이를 비롯해 우리 반 여자애 대부분이 시우를 좋아한다. 그런데 딱 한 가지, 진짜 뇌 회로를 꺼내 분석해 보고 싶을 만큼 여자애들에게 관심이 없다. 하림이와 몇몇 애들이 고백했지만 한번 씨익 웃을 뿐, 반응이 없었다고 했다. 그런 애에게 어쩌다가 내가 도전하게 되었는데 결과는 미지수다.

어쨌거나 지난해 가을, 공원에서 우연히 시우를 만난 건 신의 한수였다. 그 날을 기점으로 주말 두 시간 동안 난 그 애를 독차지 할 수 있는 행운을 얻었으니까. 헐렁한 운동복 바지에 반팔 티셔츠, 스키니 운동화, 검정색 비니를 쓰고 파쿠르 연습을 하고 있는 껄렁껄렁한 애가 정시우일 줄은 정말 몰랐다. 늘 학교에서 단정하고 깔끔한 모습만 봐 왔으니까.

그날 하림이 생일 선물을 사러 알파문구에 갔다 오다가 인라인 스케이트장 옆을 지나고 있을 때였다. 꽤 높은 시멘트벽을 단숨에 차고 올라 가뿐하게 날아서 바닥으로 착지하고 고개를 드는 그 애와 눈이 딱 마주쳤다.

"어, 정시우?"

내가 얼결에 소리치자, 시우가 씨익 미소를 날리며 또 벽을 차고 올랐다. 쟤가 정말 정시우? 순간, 심장이 쫄깃해져서 그 자리에 우뚝 섰다.

"안녕!"

시우가 가볍게 손을 흔들면서 인사했다. 맞다, 정시우다. 시우가 또 다시 벽을 차고 올라 한 바퀴 빙글 돌더니 공원 맞은편 언덕을 향해 뛰어갔다. 미처 뇌의 지령이 전달되기도 전에 난 막무가내 시우를 따라 뛰었다.

"야, 정시우!"

"왜?"

시우가 뒤돌아서서 헐떡거리며 나에게 물었다.

"너, 너 파쿠르 하냐?"

"응."

"나도 그거 배우고 싶었는데…… 좀 가르쳐 주라."

생각지도 않는 말이 툭 튀어 나왔다.

"파쿠르 학원 있어. 거기 가서 배우면 돼."

시우가 간단, 명료하게 대답했다.

"야, 네가 좀 가르쳐 주라."

나 너한테 관심 있어, 하는 말이 목구멍에서 간질거렸다.

시우가 어이없다는 표정으로 쳐다봤다.

"너 되게 웃긴다."

"그래, 나 되게 웃겨."

내가 하아, 입을 벌리며 멋쩍게 웃자 시우도 따라 웃었다. 어쨌거나 그날은 그렇게 농담처럼 끝났다. 하지만 월요일 학교에 갔더니 시우가 나를 슬쩍 불렀다.

"한강, 내가 파쿠르 한다는 거 다른 애들한테 말하지 마. 부탁이야."

"알았어. 네 부탁 들어줄 테니까 나 파쿠르 가르쳐 줘."

이맛살을 찌푸리며 난감해하는 모습이 귀여웠다.

"삼촌한테 파쿠르 배울 때 엄마하고 약속했거든. 파쿠르 때문에 시간 뺏기면 안 되니까 애들하고 어울리지 않고 혼자서 하겠다고. 아무래도 애들이 알면 귀찮아질 것 같아. 내 부탁 들어주라."

머뭇거리던 시우가 묻지도 않은 이유까지 설명했다.

"야, 그러니까 나만 살짝 가르쳐 달라고. 귀찮게 안 할게. 그냥 옆에서 너 하는 것 따라 하기만 할 테니까 걱정하지 마."

내가 한 번 더 졸랐지만 단호하게 고개를 저었다. 그런데 학교가 끝날 무렵 뜬금없이 말했다.

"한강, 이번 주 일요일 지난번 그 시간에 공원으로 와."

그렇게 우리의 만남이 시작되었다.

첫날부터 시우는 웃음기를 거두고 시니컬하게 말했다.

"여기서 물구나무서기부터 연습해. 이게 가장 기초거든."

시우가 내 발을 잡고 물구나무서기의 기본을 가르쳐 주었다. 시우가 무뚝뚝하게 대하든 말든 거꾸로 서서 보는 세상이 좋았다. 물든 나뭇잎을 매달고 서 있는 군건한 나무둥치가, 오가는 사람들의 길쭉한 다리가, 하늘에 점점이 흩어진 솜털구름이. 그리고 내 옆에 있는 정시우가.

그렇게 몇 주간 물구나무서기 연습을 했다. 약하고 여리지만 최선을 다하는 모습을 보여 주려고 넘어졌다, 일어나고 또 넘어졌다, 일어났다. 딱 시우의 눈에 들 만큼만 성실하게 땀을 흘렸다. 지나는 사람들의 힐끔거리는 눈총을 받으며.

10

새벽, 아우랑가바드 역에 도착했다. 아직 어둠에 쌓인 역사는 을씨년스러웠다. 밤새 좁고 딱딱한 곳에서 잠을 설쳤더니 온몸이 굳은 것 같았다. 기차역 바닥에 흩어져 있는 종이 박스를 깔고 기대어 앉았다.

이렇게 힘든 여행인 줄 알았으면 차라리 따라나서지 말걸. 지금 어디 좀 깨끗하고 조용한 곳에서 쉴 수 있다면 배낭 속의 라면 세 개와 바꿀 수도 있을 것 같았다. 한강옷수선집 우리 방이 생각난다. 엄마가 예쁘게 만들어 달아 놓은 부드러운 핑크빛 커튼, 둘이서 누워도 넉넉한 포근하고 폭신한 침대, 그 방에서 한잠 자고 나면 힘이 불끈 솟을 것만 같다.

아파트에 사는 친구들을 부러워하며, 창문을 열어도 남의 집 담밖에 보이지 않는 좁아터진 시장통에서 언제까지 살아야 하냐고 투정을 부렸다. 그때마다 엄마는 조금만 참으면 우리도 아파트에 이사 갈 수 있다고 했다. 이제 그 꿈도 버려야 할까?

잠깐 눈을 붙였다 일어나니 하늘이 꽃물처럼 엷은 분홍빛으로 번져 가고 있었다. 역 앞에 나가서 고개를 들고 하늘을 올려다보았다. 분홍빛이 보랏빛으로 아득해지더니 점점 가장자리에서 푸른 하늘이 비집고 나왔다. 처음 보는 이른 새벽의 하늘은 놀랍고 신비했다!

"강, 우리 짜이 한잔 마시면서 식당 문 열 때까지 기다리자."

이모가 문 옆에 앉아서 차를 끓여 파는 남자에게서 짜이 두

잔을 사 왔다. 짜이는 홍차와 우유를 끓여서 만드는데 이곳 사람들은 수시로 마신다고 한다.

"홍삼보단 낫네. 달달해서."

이모 말에 콧등이 시큰해졌다. 아침마다 홍삼 엑기스 때문에 실랑이를 벌였는데. 싫다고 뿌리쳐도 기어이 문밖까지 따라 나와 먹여야 직성이 풀렸지. 이번에도 여행 가방에 밀어 넣는 걸 짜증을 내며 빼놓고 왔다. 뭐, 나는 몸이 냉해서 홍삼을 꼭 먹어야 한다나 어쩐다나. 그렇게 딸바보였던 엄마가, 세상에서 하나밖에 없는 조카라고 물고 빨던 이모가 감쪽같이 속인 것도 모자라 입까지 굳게 다물고 있다니. 그래서 나도 입을 다물었다. 그런 내 모습을 보고 이모가 먼저 폭발했다. 오랑우탄처럼 가슴을 치며.

"아, 답답해 미치겠네. 뭐야, 우리! 변한 건 아무것도 없잖아. 그런데 왜 이렇게 우중충하게 살아? 야, 한수정, 한강. 계속 이렇게 살 거야?"

그런 이모를 멀건 눈으로 지켜보던 엄마가 마른 풀잎처럼 말했다.

"몰라, 나도."

이모가 더운 김을 푸푸 뿜으며 내 앞으로 바짝 다가앉았다.

"우리 얘기 좀 해 보자. 그래, 대화. 대화 말이야. 너, 한 달 동안 여행 가면 한동안 엄마 못 볼 텐데, 이렇게 가도 돼? 수정아, 강이 이렇게 보내도 괜찮겠어?"

"강이한테 물어봐."

여전히 물기 하나 없는 건조한 대답이다. 마치 책 속의 한 구절, 어린왕자에게 물어봐, 하는 것처럼. 어린왕자? 맞다. 어쩌면 엄마와 나는 지금까지 어린왕자가 말한 '서로 길들인 관계'였는지 모른다. 서로에게 길들여진 어쩔 수 없는 관계, 숨이 턱 막혔다.

"강, 정말 모든 대화를 거부하겠다? 그렇다면 좋아. 엄마, 딸, 이모, 그딴 계급장 떼어 버리고 이제부터 인간 대 인간으로, 그래 여자 대 여자로 다시 세팅하고 이야기해 보는 건 어때?"

웃겨, 무슨 군대도 아니고 계급장은.

내가 계속 묵비권을 행사하자 이모가 퍽퍽 가슴을 쳤다.

"아, 숨 막혀. 강, 그럼 우리 이제부터 계급장 다 떼고 사는 거, 동의하지? 그러니까 너도 엄마를 엄마라고 부르기 싫으면 그냥 수정이라고 불러. 나한테도 이모 말고, 수지라고 부르고. 수정아 너도 좋지?"

"그래, 그냥 내 이름 불러."

흥, 얄밉도록 깔끔한 대답에 코웃음이 나왔다. 서로 좀 껄끄럽지만 이때껏 '길들인 여우' 관계를 그대로 두고 명칭만 살짝 바꾸고 살아가자는 말씀? 완전 눈 가리고 아웅, 가증스러워. 하긴 장난스럽게 엄마를 한수정이라고 부른 적도 있었으니 나쁘지는 않을 듯. 어쨌거나 거기서 이야기는 더 진전되지 않았다. 앞으로 이 미적지근한 스토리는 어떻게 끝이 날까?

드디어 역 앞 식당 문이 활짝 열렸다.

"한강, 이 식당엔 탈리뿐이야. 인도의 가정식 백반인 탈리."

이모가 주문하자 곧 인도 카레와 채소, 밥과 짜파티, 요거트가 네모난 식판에 담겨 나왔다.

"인도 사람들처럼 나도 손으로 먹어 볼까?"

음식이 나오자 이모가 손끝으로 밥과 채소를 조물조물 버무려 입에 넣었다. 나는 차마 손을 대지 못하고 입을 빼물었다. 이모가 숟가락을 주문했다. 종업원이 갖다 준 숟가락에 때가 꼬질꼬질했다. 다른 숟가락을 요구했지만 종업원은 이모가 건넨 숟가락을 받아서 엄지로 쓱쓱 닦더니 어깨를 으쓱하며 다시 내밀었다.

"노 프라블럼!"

"플리스 체인지 디스."

이모가 인상을 썼지만 종업원은 아무렇지 않게 씩 웃었다.

"그래, 내가 포기한다, 포기해. 웃음으로 퉁치자는데 어쩔 수 없지."

이모가 티슈로 숟가락을 닦은 후, 컵에 있는 물로 헹궜다. 한 손으로는 밥 먹고 다른 손으로 뒤를 닦는 사람들, 이질감이 느껴졌지만 며칠 지내다 보니 거부 반응은 좀 줄었다. 밥을 먹고 나니 정신이 좀 들었다. 역시 사람은 배가 불러야 이성과 감성이 제대로 작동되는 모양이다. 뭔지 모르게 울컥거리고, 먹먹하고, 끓어오르던 것이 점차 수그러지면서 마음에 여유가 생기는 것 같았다.

"마담, 베리 뷰티플!"

문 앞에 앉아 있던 종업원이 이모를 보고 엄지를 치켜세웠다.

"짜아식, 보는 눈은 있어서."

이모가 농담을 하며 웃었다.

이모의 전공은 실용음악이다. 대학 때부터 홍대 앞 클럽에서 활동한 인디밴드의 보컬이었다고 했다.

"나, 홍대 여신으로 불릴 정도로 알아주는 뮤지션이었어."

가끔씩 하는 자랑 속에서 멋진 가수의 모습이 보일 때도 있었다. 안타까운 것은 이렇게 예쁜 이모가 엄마한테는 늘 무시

당한다는 거다. 특히 이모가 남자 이야기를 하면 엄마는 질색했다.

"언니, 한강 앞에서 그런 얘기 하지 마."

시궁창에 처박힌 쓰레기를 보는 것처럼 인상을 썼다. 어쩌다 남자에게 받아 온 선물을 보여 주면 짜증부터 냈다.

"강이 있을 땐 그런 것 꺼내지 마."

직업에는 귀천이 없다고 하는데, 엄마는 자기가 하는 수선집에 대한 프라이드는 엄청 세면서 이모가 하는 주점은 물장사라고 아주 우습게 여겼다. 하지만 이모가 얼마나 멋진 사장님인지 나는 알고 있다.

지난 5월 어린이날이었다. 청소년의 날은 왜 없냐고 투정을 부리자 이모가 엄마 몰래 살짝, 가게로 초대했다. 나는 하림이와 함께 강남으로 가는 버스를 탔다. 강남의 쭉쭉 뻗은 빌딩 숲을 내다보던 하림이가 물었다.

"야, 저 빌딩들 1층에 제일 많은 가게가 뭔 줄 알아?"

"뭔데?"

"잘 봐, 은행, 저기도 저기도. 은행이 제일 장사가 잘 되나 봐."

엄마가 은행은 돈 장사 하는 곳이라고 했던 게 생각났다. 돈을 맡긴 사람들한테는 이자를 적게 주고, 그 돈을 빌려줄 때는 이자를 많이 받는다고. 어쨌거나 강남의 중심에 은행이 많다는 것은 그만큼 돈 장사가 잘 된다는 뜻일 거다.

버스에서 내리니 온통 사람으로 거리가 붐볐다. 건널목을 건너가는데 가만히 서 있어도 배치기로 떠밀렸다.

"이하림, 너 쬐끔 미안하지?"

"왜?"

"네가 차지하는 평수가 만만치 않잖아."

"죽을래?"

하림이가 팔짱을 낀 팔꿈치로 내 옆구리를 찌르며 씩씩댔다. 인간이 직립보행을 할 수 있다는 게 이렇게 고마울 수가! 두 발이 아닌, 네 발이나 배로 기어 다닌다면 어땠을까? 잦은 충돌로 싸움이 그치지 않았을 것이다.

"너 그거 아냐? 이 강남이 우리나라에서 제일 돈이 많은 곳이라는 걸. 대한민국의 돈을 100이라 치면 서울에 거의 70~80퍼센트가 있고, 서울 중에서도 강남에 70~80퍼센트가 있대. 그러니까 우리나라에서 강남이 제일 부자 동네래."

"제로섬 게임이네 뭐. 우리나라 돈이 강남에 70~80이 몰려 있으면 나머지 20~30으로 전 국민이 써야 하잖아. 그러니까 누군가가 많이 가지면 누군가는 적게 가질 수밖에 없는. 그중에 너와 나도 포함."

"뭐, 그래도 괜찮아. 난 이다음에 강남에 있는 소속사 가수가 될 거거든. 그때는 나도 강남 부자가 되어 있겠지."

"오, 가상한 꿈이로다."

하림이가 내 등짝에 강한 스메싱을 날렸다.

이모의 가게는 강남 사거리에서 좀 더 들어간 뒷길에 있었다. 이 많은 장사꾼이 어떻게 먹고 사나, 할 정도로 빽빽한 가게들 속에 노래주점 신기루가 있었다. 낮인데도 내려가는 계단 양쪽에 흰색 조명이 반짝거려서 들어가면 정말 신기루가 나타날 것 같았다.

"어서 와."

이모가 문 앞에 서서 활짝 웃으며 맞아 주었다.

"우리 이모 맞아?"

머리를 질끈 묶어 올린 이모가 아니었다. 후줄근한 고무줄 바지에 슬리퍼도 아니었다. 나폴거리는 검은 플레이스커트에 하늘색 자켓, 과하지 않은 지적인 화장에 우아한 긴 머리, 반짝이는 은색 하이힐. 정말 텔레비전에서 보던 멋진 커리어 우먼이었다. 나는 어안이 벙벙해서 이모를 쳐다보았다.

"우리 강이가 이모 가게에 처음 왔구나. 가게에선 늘 이렇게 있어. 괜찮아 보여?"

"당근, 정말 예뻐. 집에서도 좀 이렇게 있어라."

내 말에 이모가 빙그레 웃었다.

가게 인테리어도 멋졌다. 걸려 있는 액자와 탁자, 전등, 깔려 있는 카페트까지 모두 색상도 고상하고 고급져 보였다. 사실, 엄마가 술집이라고 하찮게 얘기해서 하림이와 오면서도 걱정했다. 하림이가 실망하면 어쩌나, 하고. 하림이가 눈을 동그랗게 뜨고 가게를 둘러보는데 어깨가 으쓱했다.

"껌딱지들, 이리로 들어와."

이모가 첫 번째 문을 열고 손짓했다.

"왜 껌딱지야?"

"네가 늘 하림이, 하림이 하잖아. 그럼 껌딱지들 아니었어?"

"껌딱지 맞아요."

하림이가 재빨리 대답하며 헤헤거렸다.

룸에는 폭신한 붉은 꽃무늬 소파와 넓은 탁자, 둥근 조명에 노래방 기기까지 있었다. 뭔가 사람을 평안하게 하는 이 분위기. 이런 곳에서 하루쯤 먹고 마시고 노래하면 좋겠다는 생각이 들었지만 미성년자 출입금지다. 어디든 좋은 곳은 다 어른들 차지다.

우리가 자리에 앉아 이모가 밖을 향해 소리쳤다.

"매니저님, 준비됐나요?"

"네, 지금 나가요."

하얀 남방셔츠를 입고 네이비색 나비넥타이를 맨 매니저가 과일 접시를 들고 들어왔다. 밋밋한 나무판이던 테이블이 금세 테이블보로 장식되고 근사한 과일 접시와 와인, 크리스탈 잔으로 세팅되었다. 기계적으로 착착 움직이는 매니저의 손끝이 신기할 정도였다.

"어, 우리 미성년잔데."

하림이가 이모를 쳐다보자 이모가 손을 내저었다.

"괜찮아. 여기 이렇게 보호자가 있는데 뭐. 일단 가볍게 한잔하고 맛있는 스테이크 먹자."

이모가 병아리 눈물만큼 와인을 따라 주었다.

"에게, 이게 뭐야?"

"두 숙녀분에게 술을 드리는 건 불법이에요. 자, 청춘의 찬란함을 위해서 건배합시다!"

이모의 건배 제의에 불퉁한 대답이 나갔다.

"청춘은 찬란함이 아니라 고단함이야."

"그럼, 고단한 청춘을 위해 건배!"

우리는 잔을 들어 쨍, 부딪쳤다. 곧이어 매니저가 스테이크를 가져왔다.

"1등급 투 뿔 한우로 만든 스페셜 스테이크입니다. 신기루를 찾아 주신 귀한 손님을 위한 특별 서비스라고나 할까요."

매니저의 정중함에 근사하게 대접받는 기분이 들었다. 음식을 먹은 후, 탁자가 정리되자 이모가 스위치를 올렸다. 천장에 매달린 조명이 현란한 색깔을 섞으며 빙글빙글 돌아갔다. 이모가 먼저 마이크를 잡았다. 촉촉하게 젖어드는 목소리와 환한 얼굴로 노래하는 모습이 정말 멋졌다. 이모의 뒤를 이어 하림이가 마이크를 잡았다. 실용음악과에 가서 보컬을 전공하고 싶다는 하림이도 맑은 음색으로 짱짱하게 노래를 불렀다. 이모도 하림이 못지않게 요즘 아이돌 노래를 부르며 즐거워했다.

"한강, 너, 엄마가 좋아 이모가 좋아? 이모가 더 좋지? 그치?"

노래를 부르던 이모가 머리로 내 이마를 비비며 장난쳤다. 하림이가 그런 우리를 바라보며 빙긋 웃었다.

"넌 노래하기 싫으면 춤을 춰. 하림이는 노래하고 강이는 춤추고. 어쨌거나 너희 오늘 마음껏 놀다 가. 어린이날이지만 이모는 청소년들을 위한 기쁨조가 될 준비가 되어 있으니까."

조명을 받은 이모 얼굴이 현란한 무지개 색깔로 빛났다.

엄마는 이모를 왜 그리 탐탁지 않게 여길까?

이모가 고급 브랜드 옷이나 구두를 사도 사치를 부린다고 꽁알꽁알, 이모가 좋은 걸 사 줘도 왜 낭비를 하느냐고 꽁알꽁알. 하긴 나도 엄마 말을 듣고 은근히 이모를 무시한 적이 많았으니까. 그런데 왜 이모는 참고만 살까? 아, 모르겠다. 누가 옳고 그른지. 그래도 이모가 엄마보다는 마음이 넓은 것 같다. 난 언니를 무시하는 동생이 있다면 가만있지 않을 것 같은데. 쳇, 좁쌀 밴댕이 소갈머리 한수정!


11


아침을 먹고 현지 여행사를 찾아갔다. 마침 하루 관광을 위해 떠나는 버스가 있었다. 가이드가 일행을 소개하는데 미국, 캐나다, 일본 등에서 온 사람도 있고 우리나라 사람도 있었다. 우리나라 사람은 초등학교 6학년 서연이와 서연이 아빠, 대학생 오빠 둘, 언니 한 명이었다. 우리까지 네 팀. 우리는 자리에 앉은 채 반갑게 인사했다. 두 오빠는 뭄바이 콜라바 코즈웨이에서 새벽에 까마귀 이야기를 하며 지나가던 남자들이었다.

"나는 네가 뭄바이에서 한 일을 다 알고 있다. 햐, 그러니까 사람은 언제 어디서 다시 만날 줄 모르니까 항상 조심해야 한다니까. 반가워. 한강, 다시 만나서."

내 이야기를 듣고 이성근이라는 오빠가 너스레를 떨며 손을 내밀었다. 옆에 앉은 친구는 송치경이었는데 말없이 싱긋 웃기만 했다. 혼자 온 김은경 언니는 남자 친구와 헤어져 고행하러 왔다고 했고 서연이 아빠는 여름방학을 맞아서 무작정 떠나왔다고 했다.

"한국 사람 일곱, 완전수로 채워졌으니까 오늘 뭔가 좋은 일이 있을 것 같네요, 하하하."

서연이 아빠가 너털웃음을 짓다가 딸을 바라보며 눈을 찡긋했다.

아침에는 서늘하고 화창해서 기분 좋던 날씨가 갑자기 폭염을 쏟아 냈다. 버스에서 내려 가파른 타올라타바드 성을 향해 올라가는데 땀이 줄줄 흘러내렸다.

"강, 저기 좀 봐. 데칸 고원이야. 두부모를 싹둑, 잘라 놓은 듯 네모반듯하지. 저걸 용암탁상지라고 하는데 풍화작용으로 용암이 단단하게 굳어서 저렇게 된 거래."

"올, 이모 가이드해도 되겠다."

내가 칭찬하자 이모가 손가락 하트를 보냈다.

"책 보면서 공부 좀 했지. 아고, 이 저질 체력. 평소에 운동 안한 게 표 난다."

이모가 허리를 굽혀 두 손으로 무릎을 짚고 헉헉댔다.

"밤에 잠을 안 자니까 몸이 곯아서 그래."

"너, 그거 어디서 많이 듣던 레퍼토리다."

맞다. 할머니와 엄마가 단골로 하던 말이다. 할머니는 이모를 볼 때마다 늘 몸 곯지 않게 밤 장사 그만하라고 했고, 엄마는 이모가 조금만 피곤해해도 밤에 잠을 안 자니까 몸이 곯아서 그런다고 핀잔을 줬다. 똑같은 말을 할머니 엄마, 나까지 삼대가 이어서 하다니? 하, 삼대라니. 그래, 나와 한수정. 겉으로 봐선 아무것도 변한 게 없는 모녀. 변한 게 없으면 그냥 아무렇지도 않게 살 수 있지 않을까? 아무렇지도 않게, 예전처럼……. 말도 안 돼, 한강, 넌 그게 가능하다고 생각하니?

타울라타바드 성의 거대한 성벽과 좁다란 동굴을 구경하는데 날이 푹푹 쪄서 숨이 막혔다. 아빠랑 같이 온 서연이가 입을 댓발이나 빼물고 툴툴댔다. 아저씨가 딸을 향해 버럭 소리를 질렀다.

"서연아, 제발 그만 좀 해라! 아빠도 힘들다."

"그러니까 처음부터 오기 싫다고 했잖아. 괜히 끌고 와서는……."

얼굴이 발갛게 익은 서연이가 눈을 흘겼다. 이모가 서연이 옆에 다가가 목덜미에 손 선풍기를 대 줬다.

"힘들어도 조금만 참자. 내려가면 버스 안은 시원할 거야."

서연이가 고개를 끄덕였다. 저 애의 마음을 알 것 같았다. 나도 이런 고달픈 여행일 줄은 정말 몰랐으니까. 커다랗고 녹슨 대포 앞에서 가이드가 뭐라고 설명했지만 귀에 하나도 들어오지 않았다. 땀을 뻘뻘 흘리며 땡볕을 걸어 내려오는 사람들이 패잔병들 같았다.

곧 엘로라 석굴을 향해 버스가 출발했다. 엘로라 석굴은 붉은 산을 파서 만든 사원군인데 불교, 힌두교, 자이나교 사원으로 나뉘어 있었다. 그중에서 큰 바위 한 개를 수직으로 파서 만든 카일라쉬나트 사원은 얼마나 거대하고 웅장한지 눈이 휘둥그레질 정도였다. 저렇게 산같이 큰 바위를 파서 아름다운 사원을 만들 생각을 한 사람은 정말 천재였을 것 같다. 여러 사원을 둘러보면서 이 아름답고 섬세한 예술 작품을 만든 사람들이 세상에 존재하지 않는다는 사실이 슬펐다.

"강, 우리도 가 보자."

이모가 사람들이 줄 서 있는 곳으로 내 손을 이끌었다. 한참을 기다려 작은 문 안으로 들어서는데 앗, 이게 뭐야? 돌로 만든 커다란 남자 성기가 중심에 솟아 있었다. 사람들이 링가라고 하는 그것을 손으로 쓰다듬었다. 심지어 어떤 사람은 입을 맞추기도 했다. 미쳤다, 백주 대낮에 이런 외설이라니!

"한강, 너도 만져 봐. 히힛!"

"아, 됐어."

내가 화를 벌컥 내자 이모가 입을 삐죽이며 무안해했다.

문득 할아버지가 떠올랐다.

"그깟 계집애 때문에. 내 딸들이……."

분명히 할아버지가 말한 그깟 계집애는 나 한강이다. 한수정과 한수지가 날 기르느라 고생은 했겠지만. 아니다, 한수지는 이때껏 제멋대로 잘 살면서 나 때문에 별로 고생한 것도 없다. 설마 매달 내 학원비 내 주는 것 때문에? 그거야 뭐, 이모가 가게 차린다고 엄마한테 갖다 쓴 돈이 만만치 않아서 퉁치는 거라며.

어쨌든 지금은 돌아가셨지만 참 나쁜 할아버지였다. 나만 보면 싫은 티를 팍팍 냈다. 할아버지 심술 때문에 엄마는 명절이 되어도 외가에 갈 생각을 하지 않았다. 어쩌다 할머니 성화에 못 이겨 가게 되면 엄마는 되도록 내가 할아버지와 대면하지 않게 하려고 애를 썼다. 왜 할아버지는 그렇게 나를 미워했을까? 그래, 지금 생각해 보니 출처도 모르는 아이를 키우는 딸이 안쓰러워서 그랬을 수도 있다. 그게 내 잘못이냐고. 아주 아주 나쁜, 절대로 용서할 수 없는 할아버지.

할머니는 할아버지 같지는 않아서 다행이었다. 우리 집에 올 때 올망졸망 맛있는 것을 싸 가지고 오고, 내가 좋아하는 쌀강정은 한 번도 빼놓지 않고 만들어 왔다. 늘 엄마 몰래 용돈을 꼭 쥐어 주고 갔고.

"그 옛날에 어떻게 바위를 위에서부터 깎아 사원을 만들 생각을 했을까!"

감탄하는 이모 얼굴에 햇살이 하얗게 파고들었다.

"근데 이모, 할아버지 화장했지?"

"응, 본인이 원했으니까. 뜬금없이 그건 왜?"

"잘했어."

"뭐야, 너 아직도 할아버지 미워하는 거야?"

할아버지가 나한테 어떻게 했는데. 이젠 돌아가셨으니 미워할 필요도 없지만.

"이모, 왜 할아버지는 날 그렇게 미워한 거야?"

"에이, 그래도 넌 곱빼기 유산 상속자잖아. 할머니 돌아가시면 집이랑 땅이랑 다 네 거라고 했잖아. 한수지와 한수정 몫의 두 배가 한강 꺼."

죽고 나서 그딴 것 주지 말고 살았을 때 미워하지나 말지.

"너무 미워하지 마. 할아버지 불쌍한 분이야. 따지고 보면 할아버지가 제일 사랑한 건 강이 너야. 평생 모은 재산을 아낌없이 줄 정도로."

그건 지금 생각해 봐도 정말 알 수 없는 일이다. 어떻게 피도 물도 안 섞인, 그리고 그렇게 노골적으로 미워하던 나에게 재산을 물려줄 생각을 했는지. 나를 그렇게 미워하더니 양심에 가책을 받아서 그랬을까? 아니면 돌아가시려고 정신이 이상해졌나? 맨 정신으로 그랬다면 나를 인정했다는 말인데. 살았을 때 따뜻한 말이라도 한마디 하고 가지.


## 12


마당에 야자수가 시원하게 줄지어 서 있는 하얀 유스호스텔은 아름다웠다. 오늘 함께 여행을 한 일행도 이곳에서 하룻밤 같이 묵기로 했다. 해가 진 후, 야외 카페에 모였다. 어른들은 탄두리 치킨에 맥주를 마시고 서연이와 나는 군만두처럼 생긴 사모사와 오렌지 주스를 먹었다.

"언니네 엄마, 아빠는 왜 안 왔어?"

서연이가 물었다.

"넌 왜 엄마랑 같이 안 왔어?"

내가 되묻자 서연이가 얼굴을 일그러뜨리며 말했다.

"우리 엄만 돌아가셨어. 내가 4학년 때, 아파서."

"응, 나는 말이야. 그러니까 엄마 아빠가…… 없어. 아니 지금은 누군지 몰라."

"아, 언니 미안해."

서연이가 입을 내밀며 안타깝다는 표정을 지었다. 언젠가는 알게 되겠지, 두 여인이 진실을 말해 준다면, 하는 말까진 하기 싫었다. 검은 하늘에 개밥바라기 별이 반짝였다. 한수정, 엄마. 지금도 일해? 나와서 하늘을 좀 봐 봐. 저렇게 별이 빛나고 있잖아. 재봉틀 앞에 오롯이 앉아 있지만 말고. 혼잣말을 하는데 또 속이 싸르르해졌다.

은경 언니가 우리 옆으로 왔다.

"언니는 왜 혼자 왔어요?"

이번에도 서연이가 먼저 물었다.

"음, 나는 오래 사귄 남자 친구랑 헤어지고, 그 친구를 잊기 위해서 왔어."

"왜 헤어졌는데요?"

"그러니까, 흐. 그래, 여자끼리니까 말해도 되겠다. 그 남자 애가 좀 이상했어. 엄청 간섭이 심했거든. 만날 때마다 내 휴대폰 검사하고, 내 친구들 다 확인하고, 머리도 마음대로 못 자르게 했다니까. 처음에는 너무 날 좋아해서 그런가 보다 했는데 어느 날, 내가 바보 같다는 생각이 들더라. 그래서 쫑내자는 문자 보내고 여기로 날아왔어. 잘했지?"

"엄청 잘했어요. 그런 남친이라면 짜증날 것 같아요. 우리 아빠도 여자 사람 친구 많거든요. 그런데 다 이상해요. 진짜 남자들이란⋯⋯."

"남자들이라고 다 이상한 건 아니야, 우리 아빠는 진짜 멋지거든."

"언니, 저기 오빠 둘 중에 성근이라는 오빠, 좀 괜찮아 보이지 않아요? 성격도 좋은 것 같고. 치경이 오빠는 말이 없어서 좀 그렇죠?"

와, 요즘 초등학생은 대학생하고 얘기가 되는구나. 나는 둘의 이야기를 들으며 속으로 놀랐다. 그런데 이모 옆에 바짝 앉아서 이모님, 이모님, 하는 서연이 아빠가 자꾸 눈에 거슬렸다. 엄청 친한 척, 이모한테 맥주를 따라 주며 떠들어 대는데 이모는 그 이야기를 받아 주고 있었다. 칫, 여기까지 와서 술집 하는 것 티 내는 거야. 왜 저딴 남자 옆에서 술을……. 속에서 화가 치밀어 올랐다.

그때, 서연이 아빠가 이모 어깨에 팔을 슬쩍 올렸다. 저 인간 뭐야, 하는 순간 이모가 팔을 탁 쳐내며 고개를 돌려 서연이 아빠를 날카롭게 쳐다보았다. 불빛에 비치는 눈빛과 포스가 장난이 아니었다. 서연이 아빠가 움찔하면서 계면쩍게 허허 웃었다. 이모가 못마땅한 표정으로 재빨리 자리를 옮겨 앉았다. 아, 괜히 걱정했네. 엄마가 "네 이모가 술집을 해도 생각은 있는 여자야." 했던 게 저런 걸 두고 하는 말이었구나. 비록 술 파는 장사를 해도 쉽게 보이지 않는 단단한 여자, 한수지. 그제야 마음이 놓여서 숨을 내쉬며 눈길을 돌렸다.


아침부터 햇살이 강했다. 이모도 이제 지친 모양이다.

"오늘은 숙소에서 하루 쉬자."

"좋아."

우리는 로비로 나가 떠나는 일행을 안아 주며 아쉬운 작별을 했다. 울퉁불퉁한 근육질 성근 오빠를 안았을 때는 가슴이 심쿵했다.

"한강을 지날 때마다 네 생각이 날 거야."

치경 오빠가 씨익 웃으며 말하자 은경 언니가 맞장구쳤다.

"맞아, 한강!"

서영이도 주먹을 들어 보이며 소리쳤다.

"한강 언니, 힘내."

서영이 아빠는 이모 전화번호를 입력하며 벙글거렸다.

"타국에 오면 고향 까마귀만 봐도 반갑다더니 동포들이 떠나니 허전하다야."

이모가 손을 흔들며 못내 아쉬워했다.

다시 방으로 돌아온 우리는 줄곧 뒹굴거리며 시시한 이야기를 했다.

"그 남자와 여기 엘로라에 왔을 때였어. 이모가 그만 배탈이 나고 말았잖아. 밤새도록 설사하고 나중에는 탈수증이 와서 죽음 직전까지 갔던 것 같아. 그 남자가 한국 대사관으로 전화를 걸었대. 한국 대사관은 델리에 있는데 밤에 하도 벨이 울려 대니 직원이 전화를 받았고, 그 직원이 여기 현지 경찰서에 전화로 도움을 요청했나 봐. 경찰이 와서 나를 병원에 데려갔어. 잠이 덜 깬 부스스한 모습으로 진료실에 들어온 의사가 눈물이 그렁한 남자를 보고 환자인 줄 알았나 봐. 남자한테 누워 보라고 했다니까. 어쨌든 배앓이에는 별 치료 방법이 없는지 주사 한 대 놓고 약을 주더니 가라는 거야. 경찰이 다시 숙소로 데려다주면서 자기들이 보기에 아무것도 아닌데 징징 우는 남자가 한심한지 막 놀렸지만 도리어, 입원도 안 시켜 주고 그냥 데려다주면 어떡하냐고 소리치더라. 남의 나라에 와서 정말 천방지축이었지."

쫴 좋은 남자였구나.

"둘이 어떻게 만났어?"

"응, 내가 노래하던 라이브 카페에서 주말 알바 하던 남자였는데 처음 보는 순간 뭔가 딱, 꽂히는 거 있지. 그래서 내가 운명의 남자라고 하는 거야."

운명의 남자라면 어떻게든 오래오래 같이 살아야지. 헤어져 놓고 이렇게 추억을 되새김질하는 건 구질구질하다고.

"강아, 네가 좋아하는 그 남자애 얘기 좀 더 해 봐."

"별로 할 얘기 없다니까."

내 거절에 이모가 아쉬운 듯 말을 이었다.

"네가 좋아한다며? 좋아하는 마음, 그런 풋사랑이 찐사랑이 될 수도 있는데."

풋사랑도 찐사랑도 아니고, 그냥 짝사랑이라고. 이모가 처음 보는 순간 뭔가 딱, 꽂히는 남자가 운명의 남자라고했는데 설마 정시우가? 아니, 그건 아닌 것 같다. 은근 좋아하긴 했지만 딱, 꽂힌 건 아니었으니까.

"강, 뭐 하나 물어봐도 돼?"

"뭐?"

"너 가출했을 때 어디에 있었어? 무섭지 않았어? 나쁜 애들한테 걸리면 못 빠져나온다는데."

"됐어."

정말이지 어둠이 괴물처럼 세상을 까맣게 먹어치우는 모습을 그렇게 생생하게 느껴 본 적이 없었다. 하늘도 건물도 나무도, 심지어 내 모습까지도. 유리창으로 어른어른 비추는 불빛은 또 얼마나 무섭던지 세상에 태어나서 어둠이 그렇게 까만 줄은 처음 알았다. 그 막막했던 밤, 나는 밤새 울었다. 차라리 듣지 않았으면, 아니 내 귓속을 파고들던 그 말을 지우개로 싹싹 지울 수 있다면 얼마나 좋을까 생각하면서.

## 13

기말고사가 끝나고 교실 분위기가 흐물흐물해져 갈 무렵이었다. 선생님들 연수 때문에 3교시만 했다. 모처럼 일찍 학교가 끝나니 신이 났다. 코인 노래방에 가자는 친구들을 뿌리치고 베스킨라빈스에 들러 엄마가 좋아하는 슈팅스타를 샀다. 마침 가게 문이 열려 있어서 엄마를 놀라게 해 줄 생각에 살금살금 문 가까이로 다가갔다. 그때, 빼꼼 열린 문 사이로 튀어나오는 이모 목소리.

"수정아, 너처럼 애를 안 낳은 사람들이 오히려 유방암 걸릴 확률이 더 높댄다. 그 가슴 멍울, 빨리 병원 가서 꼼꼼하게 체크해 봐."

"알았어. 그런데 언니, 난 한강을 내 배에서 낳은 것처럼 출산 과정이 생생하게 느껴질 때가 있어."

"그래? 넌 엄마니까……."

애를 안 낳은 사람?

심장이 뚝 멈췄다. 들고 있던 아이스크림 통이 발등으로 툭 떨어졌다. 엄마와 이모가 깜짝 놀라 소리쳤다.

"하, 한강."

이모가 맨발로 뛰어나와 나를 안았다. 나는 이모를 뿌리치고 그대로 달렸다. 엄마가 부르는 소리가 수많은 벌 떼가 되어 무섭게 왕왕 따라왔다. 그렇게 달리다가 해거름이 되어서야 길가의 어느 공원에 앉았는데 몸이 떨려서 견딜 수 없었다. 다시 일어나 오던 길을 되짚어 집으로 걸음을 옮겼다. 이미 어둠이 내리고 멀리 보이는 한강옷수선집에 불이 켜져 있었다. 불빛 아래에 엄마가 쪼그리고 앉아 있는 게 보였다. 엄마는 마치 굳어 버린 석고상처럼 꼼짝하지 않았다. 나는 몸을 숨기고 그 모습을 한참이나 지켜보았다.

돌아가, 엄마가 저기서 기다리고 있잖아. 네가 잘못 들은 거야. 아니야, 분명히 들었어. '애를 안 낳은 사람'이라고. 저 여자는 내 엄마가 아니야. 이때껏 감쪽같이 나를 속여 왔어. 난 그것도 모르고 엄마인 줄 알고……. 이건 배신이야, 배신이라고!

나는 결국 집을 등지고 돌아섰다. 기다란 빛을 뿌리며 차들이 질주하는 도로를 내달리고 싶었지만 무서웠다. 갈 곳이 없었다. 어떻게 할까? 그때 머리를 스치고 지나가는 생각, 그래, 학원이다. 학원을 향해 지친 발걸음을 옮겼다. 원장 선생님이 언제든지 와서 연습하라고 열쇠 놓는 곳을 알려 주었다. 계단 밑에 쌓아 둔 화분에서 열쇠를 꺼냈다. 도둑고양이처럼 살그머니 문을 열고 들어갔다.

붉게 부풀어 오른 눈, 헝클어진 머리, 정말 금방이라도 무너질 것 같은 초라한 모습이 벽면 거울을 멍하니 보고 있었다. 벽에 기대어 쪼그리고 앉았다. 얼마나 앉아 있었을까, 다리가 저렸다. 그래, 춤추자. 모든 걸 다 잊고. 휴대폰을 꺼내서 음악을 틀고 거울 앞에 섰다. 온몸을 내던지듯 춤을 췄다. 넘어지고 일어나고 다시 넘어지고 일어서며 추고 또 추었다.

내가 누구냐고?

엄마가 애를 안 낳았다면 누가 날 낳았냐고? 제발, 대답 좀 해 봐! 몸부림쳤지만 더 또렷이 들려오는 엄마와 이모의 말, 그 소리…….


어느 덧, 붉은 노을이 온 세상을 황금빛으로 물들였다. 이모와 나는 노을을 바라보며 동네를 걸었다. 여기도 사람이 사는 곳, 집집마다 식구들이 옹기종기 모여서 화덕에 불을 지피고 냄비를 얹으며 저녁 준비를 하고 있었다. 붉은 노을을 배경으로 조용히 움직이는 정다운 가족의 모습이 그림처럼 아름다워서 가슴이 뭉클했다. 가족이란 도대체 무엇일까?

# 감옥이다

14

"나마스테!"

문 앞에 서 있던 릭샤왈라가 손을 모으고 인사했다.

새벽녘에 꾼 어수선한 꿈 때문에 불쾌했던 기분이 인사를 나누니 좀 가시는 것 같았다. 오늘만이라도 머리를 비우고 모든 것을 잠시 잊자. 시간은 언제나 미래로 달려가니까, 가만히 있어도 세월은 흐르고 현실에서 맞닥뜨려야 할 문제들이 있지만, 또 어떻게든 부딪쳐 보는 거지 뭐.

"나마스테!"

나도 손을 모으고 고개를 숙였다. 검게 탄 얼굴에 굵고 깊이 패인 주름, 앞니가 빠진 노인이 내 얼굴을 찬찬히 바라보며 빙그레 웃었다. 그 잔잔한 웃음이 성소처럼 나를 고해하게 만들었다.

"할아버지, 저 어떻게든 살아 낼 테니 걱정하지 마세요."

할아버지가 내 말을 알아들었다는 듯 고개를 끄덕였다. 나는 동의를 구한 후 할아버지의 모습을 카메라에 담았다. 먼저, 검고 반짝이는 주름 마스크를 쓴 것 같은 얼굴을 당겨서 찍고, 걷어 올린 바지 아래로 드러난 겨울 나뭇가지 같은 종아리를 몇 컷 더 찍었다. 저 앙상한 종아리와 내 통통한 종아리가 서로 다른 아픔을 간직하고도 아무 일도 없는 척, 지구 위에 공존하고 있다는 사실에 왠지 숙연해졌다.

할아버지와 나의 종아리, 포에버~!

엄지 두 개를 모아 올리자 이미 사이클릭샤에 올라가 앉은 이모가 손나팔을 하고 장난스레 말했다.

"자, 관광버스 타러 출발해요. 아가씨, 어서 타세요. 아잔타를 향해, 고고!"

이모가 내민 손을 잡고 릭샤에 올라 할아버지의 검게 탄 목과 종아리를 안타까운 마음으로 가리켰다.

"불쌍해."

이모가 내 어깨에 팔을 두르며 귓속말을 했다.

"뭐, 그래도 좋잖아. 저 할아버지는 정년도 없을 테니까. 우리나라에서 저 할아버지 정도 나이면 이런 돈벌이할 데도 없어. 벌써 잘렸지."

박절하다. 어떻게 측은지심이라고는 눈곱만큼도 없이. 내가 눈을 흘기자 이모가 히, 웃었다.

"미안, 나도 너처럼 감성이 말랑말랑할 때가 있었는데. 나이가 드니 굳은살이 생겼나 봐. 근데 너 살 좀 빠진 것 같다. 턱 선이 장난 아닌데?"

흐, 생고생에 저절로 다이어트가 되었다는 말이다. 다이어트는 최고의 성형이라며 라면도 마음대로 못 끓여 먹게 하던 잔소리꾼이 생각난다. 못됐다. 하긴 자기 배 속에서 나온 딸이 아니었으니 무관심했겠지.

무, 관, 심. 정말 엄마가 나에게 무관심했을까? 이제까지 지나온 숱한 나날 속에서 엄마의 지나친 간섭과 관심에 그렇게 짜증을 냈으면서도. 한강, 인면수심에 배은망덕이라는 사자성어를 시험까지 봤으면서 이러면 안 되지. 쓸쓸레한 웃음이 속에서 올라왔다.

여행객을 태운 버스가 산모롱이를 굽이굽이 돌았다. 아잔타 석굴로 가는 길목에 내렸을 때는 타들어 갈 만큼 열기가 들끓었다.

"햇빛 때문에 정신을 차릴 수 없네."

이모가 일어서며 비틀거렸다. 나는 얼른 이모 손을 잡고 버스에서 내려 정류장 앞 식당으로 들어갔다.

"야, 이거 장난 아닌데. 잠이 번쩍 깰 정도네. 한강, 맛있지?"

"응, 엄마가 해 주는 오므라이스랑 똑같······."

불쑥 튀어나온 말에 목이 콱 메었다.

"우리 나중에 내려와서 또 먹을까?"

역시, 눈치 하나는 빠르다. "우리 동생 음식 솜씨는 끝내주지. 수정이가 해 주는 오므라이스 먹고 싶다"라는 말을 덧붙였다면 걷잡을 수 없이 감정이 치솟았을 것이다. 간신히 고개를 끄덕이면서 감정을 추스렀다. 다행이다. 감정이 말이 아니어서. 내 속에 들끓는 감정이 언어가 되어 나온다면 아마 폭포수로 흘러넘쳤을 거다.

식당에서 나와 석굴로 올라가는데 한 아주머니가 할머니를 업고 성큼성큼 올라가고 있었다. 띠를 단단히 양 어깨에 묶고 두 팔로 할머니의 엉덩이를 받친 아주머니의 얼굴에 땀이 흥

건했다.

"마이 맘."

사람들이 신기해하자 아주머니가 등에 업힌 백발의 할머니에게 고개를 돌리며 웃었다. 딸 등에 납작 붙은 앞니 빠진 할머니도 웃었다.

"유아 리얼리 섬싱!"

이모가 아주머니를 칭찬하며 엄지를 세웠다.

"언젠가 텔레비전에서 보니 아버지를 업고 세상 구경을 시켜 주는 아들은 봤는데 딸이 저렇게 업고 다니는 건 처음 본다. 참 대단하네."

나도 엄마가 할머니가 되면 저렇게 업고 다닐 수 있을까?

"걱정하지 마. 수정이가 파파 할머니가 될 때면 업고 다닐 필요 없을 거야. 그땐 이런 오르막을 오르는 기계가 나올 거야. 웨어러블 같은 거. 아님 산에다 에스컬레이터를 놓던지."

무슨 독심술을 배웠나. 내 마음을 꿰뚫는다.

"피이, 내가 그때까지 엄마 옆에 있기나 할까?"

내 쓸쓸한 목소리를 이모가 잘랐다.

"넌 한수정 껌딱지잖아. 죽을 때까지 안 떨어질걸. 네 엄마도 너한테서 절대 안 떨어질 거고."

참 말도 쉽게 한다. 그게 그렇게 쉬울 것 같으면 내가 이렇게 고민하겠냐고요!

## 15

아잔타는 산 전체가 수많은 사원으로 이어져 있었다.

밖에서 볼 때는 산속에 뚫린 우중충한 동굴 같은데 안에 들어가면 광장처럼 넓고 깊었다. 어떻게 산을 깎아서 이처럼 거대하고 정교한 동굴을 만들 생각을 했을까! 아잔타는 불교 사원이라 불상을 조각한 작품도 많았고 불화 벽화도 아름다웠다. 인간의 도전은 정말 위대하다. 처음 누군가가 정으로 바위를 쪼아 내기 시작했을 것이고 그 망치질이 이 거대한 사원을 만들어 낸 것이다. 목표를 정하고 마음을 먹으면 할 수 있다. 정말 그럴까? 내가 마음을 먹어서 할 수 있는 일이 있을까?

"한강, 여기 서 봐. 아니, 이쪽으로 조금만 더 나와서. 옳지, 옳지. 좋았어."

이모는 극성스럽게 자신이 원하는 장소에 나를 세우고 사진을 찍었다.

"여기서, 여기서 꼭 찍어야 해. 예전에도 그랬거든."

예전? 그럼 운명의 남자와 사진을 찍었던 곳?

"싫어, 대타 하기 싫다고!"

필요 이상으로 짜증을 냈다.

"미안, 한번만. 응?"

내가 완강하게 거부하자 이모가 못내 아쉬워하며 추억의 장소를 향해 연신 카메라 셔터를 눌렀다. 엄마 같으면 옛 남자 따위는 단번에 싹싹 지웠을 거다. 중학교 1학년 때, 지리산 돼지갈비집 주방장 아저씨가 틈만 나면 우리 가게에 들락거렸다. 엄마도 별로 싫어하는 것 같지 않아서 은근히 새아빠가 생기면 어쩌지, 고민했다. 그런데 곧 흐지부지, 이모가 잘해 보지 그랬냐고 짓궂게 놀려도 엄마는 콧방귀만 뀔 뿐이었다.

"됐어, 난 우리 강이랑 살다가 죽을 겨."

우리 강이랑. 나도 엄마랑…… 엄마랑 살다가 죽고 싶어! 목울대가 부르르 떨렸다. 고개를 젖혀 하늘을 올려다보았다. 저 하얀 구름이 솜털 같은 위로가 되어 나를 보듬어 준다면 얼마나 좋을까?


아잔타를 구경한 후, 점심을 먹었던 곳에서 치킨라이스를 먹었다. 역시, 감동적인 맛이다. 입맛에 딱 맞는 음식을 먹으니 우울했던 기분이 좀 좋아졌다.

"참 인간이란."

나도 모르게 말을 뱉어 놓고 보니 뭔가 유치하다는 생각이 들었다. 인간? 영장목 사람과의 포유류, 인류, 결국 동물의 한 종류. 아무리 고상한 척해도 인간은 동물적인 한계를 넘어설 수 없다는 말에 동의한다. 내 미스터리한 출생 때문에 죽을 것 같이 고민하면서도 끊임없이 뭘 먹어야 하고, 잠을 자야 하고, 숨을 쉬어야 하는 이 민망함이라니! 텔레비전에서 봤던 세렝게티 초원, 그 속에서 끼리끼리 살고 있는 동물들이 생각났다. 오직 살기 위해서 잡아먹고 잡아먹혀야 하는 동물의 세계. 따지고 보면 나도 저들과 같다. 엄마와 풀리지 않은 관계, 어쩌면 엄마를 영영 잃게 될지도 모른다는 위기감 앞에서도 살기 위해 배를 채워야 하니까. 나는 슬그머니 포크를 손에서 놓았다.

식당과 가까운 곳에 숙소를 잡았다.

숙소는 인도의 평범한 가정집을 개조해서 만들었는지 주방은 하나인데 방은 꽤 많았다.

"힘들었지. 아고, 땀띠 난 것 좀 봐. 어떡해? 얼른 씻어 봐."

어쩐지 목과 겨드랑이가 가렵다 했더니 오돌토돌 땀띠가 돋아 있었다. 샤워하고 머리를 말리고 나오니 이모가 보이지 않았다. 평상에 앉아서 라디오를 듣고 있는 주인아저씨에게 물었지만 고개를 저었다. 여기저기 기웃대며 찾아다니고 있을 때, 이모가 땀을 뻘뻘 흘리며 커다란 비닐봉지를 들고 나타났다. 봉지 안에는 생닭 세 마리가 들어 있었다.

"미쳤어. 이 뜨거운 데 무슨 닭이야?"

이모가 빙긋 웃었다.

"너 백숙 먹고 싶다고 했잖아."

"내가 그냥 먹고 싶다고 했지, 언제 해 달라고 했어?"

나도 모르게 화를 벌컥 냈다.

아까 숙소를 찾아다닐 때, 닭 파는 가게가 있어서 "아, 백숙 먹고 싶다" 지나가는 말로 한마디 했는데 그걸 기억한 모양이다. 이모는 땀을 뻘뻘 흘리며 주방을 빌려서 닭을 삶았다. 미안한 마음에 거들어 주고 싶었지만 도저히 불 앞에 설 자신이 없었다. 대신 주인집 딸인 아르띠가 이모 옆에서 심부름을 했다.

이 집 어른들은 평상에 앉아서 탱자탱자 노는데 아이들은 일을 했다. 아이들은 손님이 오면 학교에 가지 않고 일을 한다고 했다. 아르띠는 나랑 동갑인데 무척 예뻤다. 외국 미녀 프로

그램에 나오는 여자 같다. 그녀의 꿈은 한국에 가 보는 거라고
했다. 한국 여행객을 많이 만나서 그런지 한국말도 꽤 잘했다.
혼자서 한글 공부도 한다고 했다. 저런 미모만 가지고 있다면
한국에서는 길거리 캐스팅도 될 텐데 아깝다. 내가 부러운 마
음으로 빤히 쳐다보자 이모가 안쓰러운 표정을 지었다.

"아르띠 곧 시집간대."

"아직 어린데?"

"신랑은 아르띠보다 열아홉 살이나 더 많대."

나는 깜짝 놀랐다. 저 맑고 고운 사슴 눈의 아이가 늙은 신랑
에게 시집을 간다니!

"참 안 됐지. 어린 나이에 시집가서 남편에게 복종하고, 밥
짓고 빨래하고 아이를 낳아서 키워야 해. 그리고 인도의 신부
들은 시집갈 때 지참금이 적으면 시집 식구들한테 괴롭힘을
당하기도 해."

지구 곳곳에서 별별 일이 다 벌어진다. 어떻게 어린애가 시
집을! 안타까움에 한숨이 나왔고 자꾸만 아르띠에게 눈길이
갔다.

하늘 귀퉁이에 노을이 타오를 무렵, 이모표 백숙이 완성되
었다.

"아오, 신난다. 한강 덕분에 이모도 보신하네. 우리 먹을 만큼만 먹고 나머지는 아르띠 식구들한테 주자."

이모의 유쾌한 모습을 보니 화낸 게 미안했다. 돌이켜 보면 이모도 엄마처럼 내가 하는 말을 허투루 듣지 않고 뭔가 해 주려고 애를 썼다. 이들 자매에게 난 어떤 존재일까? 나는 친구들과의 관계에서도 내 이익을 위해서 잔머리를 굴리는데 왜 이들은 속수무책, 아낌없이 뭔가를 주려고만 할까? 의문과 부담이 교차했지만 진심, 백숙은 맛있었다.

## 16

해거름에 마을 구경을 나섰다. 집들은 대부분 흙집이었는데 마을 한쪽에 있는 힌두 사원은 돌로 견고하게 세워져 있었다. 사람이 사는 집보다 보이지 않는 신이 사는 집을 더 견고하게 지은 것이 이상했지만 그만큼 신을 좋아한다는 뜻일 거다.

엄마도 열심히 교회에 다녔다. 일요일 아침, 달콤한 잠에 빠져 있을 때 교회 가라고 깨우면 짜증이 났다. 그래도 엄마는 절대 양보하지 않았다. 내가 입을 댓 발이나 빼고 툴툴거리다가 나서면 주머니에 연보를 넣어 주며 흡족해했다.

"예배 잘 드리고 와. 졸지 말고. 알았지?"

예배당에 앉는 순간 엄마 말은 날아가 버리고 나는 뒷자리에 앉아서 연신 꾸벅거렸다. 예배가 끝나면 잠에서 깨어나 어정쩡하게 성경 공부 시간에 앉아 있다가 끝나기가 무섭게 애들하고 어울려 시시덕거리며 돌아다녔다.

한수정, 그렇게 신 앞에서 간절하게 예배하고 기도하더니 감쪽같이 나를 속이고 양심이 찔리지도 않아? 목구멍에 뜨거운 것이 올라왔다. 하늘을 올려다보며 고개를 저었다. 괜한 저녁 산책에 마음만 더 우울해졌다. 옆에서 이모가 슬금슬금 내 눈치를 봤다. 불쌍타. 이모가 무슨 죄가 있다고.

해가 떨어진 후에 이모와 나란히 평상에 누웠다.

"별 참 예쁘지? 이 나라는 별 하나는 끝내준다. 우리나라는 광공해 때문에 별이 잘 안 보이는데. 저기 저 별 누구 눈빛처럼 빛난다, 반짝반짝. 네 엄마가 너 보고 싶다고 톡에 폭탄을 투하했더라. 내 동생, 너한테는 진심이야."

칫, 보고 싶긴!

"아, 나도 내 동생 보고 싶다. 우리 수정이는 어릴 때부터 저 별처럼 눈이 참 빛나고 예뻤어. 그 일이 아니었으면 정말⋯⋯."

"그 일?"

"그때는 정말 나도 네 엄마도 어렸어. 그런 나한테 어린 동생을 맡긴 우리 엄마 아빠도 문제였지. 하긴, 다들 농사일에 매여서 바쁘게 살았으니까."

"엄마가 다칠 때 이모도 옆에 있었어?"

"아니, 난 없었어. 그래서 죄책감이 더 들지! 이 얘기를 하면 강이 네가 이모 미워할지도 몰라. 하긴 뭐, 따져 보면 내 잘못도 아니지. 그런데도 가끔씩 수정이를 보면 왠지 미안하고 마음이 많이 아파."

이모가 별 하나에 눈을 두고 머리를 쓸어 올렸다.

"그날, 엄마가 나가면서 수정이 일어나면 잘 데리고 놀라고 했는데, 난 그냥 놀러 나가 버렸어. 내가 수정이 옆에 있었으면, 그런 일은 벌어지지 않았을 텐데. 잠에서 깬 수정이가 주방에 갔다가 곰국 솥에 넘어졌고. 몇 번이나 수술을 했지만……."

이모가 감정을 삭인 후, 다시 말을 이었다.

"수정인 그런 상처를 가지고도 공부도 잘했고 성격도 밝고 친구도 많았어. 그래서 난 내 동생이 무난히 잘 견디는 줄 알았어. 그런데 중학교 때였나? 우연히 수정이 일기장을 봤는데 죽고 싶다고 썼더라. 가슴이 쿵 내려앉았지. 걷잡을 수 없이 죄책감이 들었고. 그때부터 난 수정이 눈치를 보게 되었어. 수정이가 조금만 기분이 안 좋아 보여도 겁이 덜컥 나고 마음이 조마조마하고."

"이모도 엄마 땜에 힘들었겠다."

"아니야, 수정이가 더 힘들지. 우리 수정이 정말 불쌍해. 강아, 동생 지키지 못한 이모가 밉지?"

"밉긴……."

나는 뒷말을 맺지 못하고 일어났다. 갑자기 명치끝이 답답해지면서 눈 뿌리가 아렸다. 비늘처럼 번들번들하고 짓이겨진 엄마의 우둘투둘한 옆구리와 가슴. 내가 만질 때마다 간지럽다고 깔깔대던 그 웃음이 귀가 아닌 가슴에서 들렸다.

모르겠다.

정말, 모르겠다.

왜 엄마 인생이 여기까지 따라와서 시도 때도 없이 내 마음을 이렇게 흔들어 놓는지, 머릿속이 온통 카오스다.

엄마의 깊은 상처를 어떻게 보듬어 줄 수 있을까?

내가 왜 보듬어야 해. 무슨 상관이 있다고?

앞으로 우린 서로 어떤 의미와 관계로 살아가게 될까? 어느 날, 서로 남남이 된다면……. 아니다. 나는 엄마를, 아니 엄마는 나를 결코 포기하지 않을 거다. 엄마의 울부짖음이 환청처럼 들린다.

"넌 내 딸이야. 한수정의 딸 한강이라고!"

진실을 말해 달라고 달려드는 나에게 엄마가 울부짖었다. 할아버지가 돌아가셨을 때도 장례식장이 떠나가라 울어 대는 이모와는 달리 "아버지, 아버지, 불쌍한 우리 아버지" 하면서 손수건으로 눈가를 꼭꼭 찍어 내던 엄마가 눈물을 쏟으며 소리쳤다.

"오해야. 넌, 분명 내 딸이야. 엄마가 널 얼마나 사랑하는지 알잖아. 왜 이렇게 엄마 맘을 몰라주니?"

그럼 유전자 검사라도 해 보자, 라는 말이 목구멍까지 올라왔지만 차마 밖으로 밀어 낼 순 없었다. 내가, 아니 우리가 너무 초라해질 것 같아서.

"이게 진실이야. 강이 너는 내 딸이고 나는 네 엄마야. 그리고 우린 서로 사랑하잖아. 넌 엄마를 사랑하고 난 너를 사랑하고. 그거면 됐잖아. 사랑하면!"


이모가 후후 웃으며 별 하나를 가리켰다.

"저기 저 별은 우리 아버지별이야. 우리 아버지 눈처럼 껌뻑

껌뻑, 큭큭큭."

"할아버지 보고 싶어?"

"그럼. 무뚝뚝해도 속정은 많았어. 엄마는 수정이한테 정신을 쏟았지만 아버지는 은근, 내 편이셨거든. 가끔가다 꽤 많은 용돈도 슬그머니 넣어 주시고."

내 편? 엄마는 언제까지 내 편일까? 혹, 지금도 내 편일까?

아침에 일찍 일어나 동네 아이들을 따라 학교에 갔다. 아이들은 우리가 운동장에 들어서자 눈을 반짝거리며 달려와 서슴없이 반겼다. 아이들의 낡은 옷은 땟국에 절어 있었다. 슬리퍼를 신은 발에는 흙먼지가 묻어서 알록달록 무늬가 찍힌 듯했다. 운동장에서 크리켓 게임을 하던 아이들도 낯선 이방인의 출현을 신기한 듯 바라보았다. 아이들은 이모 목에 걸린 카메라를 가리키며 사진을 찍어 달라고 했다. 나무 밑에 두 손으로 꽃받침을 하고 나란히 선 아이들이 무척 귀여웠다. 마침 종이 울려서 아이들은 재빨리 화면 속 얼굴을 확인하고 깔깔대며 교실로 뛰어갔다. 나도 주춤주춤 뒤를 따라 복도까지 들어갔다. 까치발로 교실 안을 살폈다. 아이들은 부지런히 책을 펴고 선생님을 바라보았다. 녹황색 사리를 입고 이마에 붉은 빈디를

찍은 선생님이 손뼉을 치면서 뭐라고 하자, 아이들이 "와아~"
웃었다. 웃는 교실, 좋다. 세상 모든 학교가, 교실이 이렇게 웃
음으로 가득 차면 좋겠다. 시험만 없어지면 가능할 텐데. 지겨
운 시험. 엄마는 내 시험 성적에 언제나 안달복달이다. 시험 기
간 내내 옆에 딱 붙어 앉아서 내가 문제집을 풀면 채점을 한다.

"이거 아까 푼 문제잖아. 같은 걸 자꾸 틀리면 어떡해. 문제
를 잘 읽어 보란 말이야."

"이거하곤 다르잖아."

"뭐가 달라. 낱말 몇 개 바꿔 놨을 뿐이야. 잘 좀 봐 봐."

완전 잔소리 마왕이다. 시험이 내 마음대로 되냐고, 누군 좋
은 성적을 받고 싶지 않냐, 대들었다가 결국 수학 단과 하나를
더 다녀야 했다. 이제 공부 닦달할 일 없어서 좋겠네. 복도를
걸어 나오는데 또 가슴이 싸르르해졌다.


17


이모가 내 머리만 한 망고를 샀다. 이렇게 큰 망고는 처음 보
았다.

"망고 드세요, 망고예요."

이모가 역에 앉은 사람들에게 망고를 잘라서 나눠 주며 씩씩하게 말했다. 우리 말을 알아듣지는 못해도 사람들은 망고를 받으며 활짝 웃었다. 저, 죽일놈의 친화력. 어디서든 이모의 말과 행동은 스스럼이 없다.

기차에 올라 보니 2등 칸 이모 자리에 어떤 남자가 누워 있었다. 이모가 남자의 팔을 흔들었지만 남자는 고개만 빠끔 내밀었다 무표정한 얼굴로 다시 누웠다.

"헤이, 디스 이스 마이 싯!"

이모가 냅다 소리를 질렀다. 그러자 남자가 실실 웃으며 일어나 내려왔다.

"진짜, 어디서나 이렇게 큰 소리가 통하는 세상이면 안 되는데."

이모가 짐을 올리며 언짢아했다. 차창을 통해 들어오는 모래바람에 입안이 서걱대고 침대가 흔들거려서 오늘 밤에도 쉽게 잠들진 못할 것 같았다.

"참, 너 지난번 그 남자애, 정시우라고 했나?"

"왜 또?"

"잠이 안 올 땐 속닥속닥, 사랑 이야기가 수면제거든."

"알았어. 그럼 조금만 해 줄게."

물구나무서기를 완벽하게 해냈는데도 시우가 다음 단계를 가르쳐 주지 않았다. 일부러 나를 골탕 먹이는 것 같아서 시우를 쫓아갔다. 골목길에 접어들자 시우가 양쪽 담을 박차고 이리 저리 뛰어 올랐다. 긴 목을 빼고 리듬을 타듯 부드럽게 벽을 타고 오르는 시우의 솜씨는 깔끔하고 민첩했다.

"야, 정시우. 좀 기다려! 숨 막혀 죽겠네."

"그러니까 따라오지 말라고!"

"그러니까 따라 간다고!"

멈춰 서서 나를 바라보는 시우 얼굴이 발갰다. 귓불을 타고 땀이 흘러내렸다.

"자, 닦아."

"됐어."

주머니에서 티슈를 꺼냈지만 시우는 소매로 땀을 닦았다.

"다음 단계를 가르쳐 줘야지."

시우는 내 물음에 대답도 없이 힐끗 고개만 돌린 후, 다시 벽을 차고 올랐다. 이쪽 끝에서 저쪽 끝까지 한 번, 두 번, 세 번……. 지치지도 않는다. 내가 입술을 빼물고 옆에서 지켜보고 서 있자 시우가 소리쳤다.

"공원에 먼저 가 있어."

"싫어, 지금 같이 가."

시우의 명령조 말투에 짜증이 확 올라왔다. 사실 벽에 기대지 않고 물구나무서기, 내겐 껌이다. 그런데도 적당하게 무너져 주고 엄살을 떨며 시간을 끌었다. 그래야 시우와 더 친해질 수 있을 것 같아서. 녀석이 귀찮아할 땐, 파쿠르 동호회에 가입하고 열심히 노력해서 코를 납작하게 해 주고 싶은 생각도 들었다. 그러나 수단이 목적이 되면 헷갈려서 안 된다. 내 목적은 시우와 더 친해지는 것이니까.

결국, 시우를 데리고 공원으로 갔다.

"너, 그래도 가능성은 보인다. 완전 몸치였으면 상대도 안 했을 텐데. 이제부턴 진짜로 컨디셔닝. 기초 체력과 근력 훈련이란 뜻이야. 이 훈련이 잘 되어 있어야 유연하게 기술을 익힐 수 있어. 가장 중요한 기초 과정이니까 잘 봐."

"그럼, 이때껏 한 물구나무서기는?"

"그건 네가 할 수 있나 없나, 보느라고."

"뭐야, 그럼 너 일부러 날 골탕 먹인 거야?"

"히히, 그건 아니고. 그것도 필요한 거라고."

나는 녀석의 가슴을 주먹으로 콩콩 쳤다. 그리고 시작된 푸시업 자세. 시우는 네 발로 기고 뒤집는 파쿠르 기본 동작 1, 2, 3, 4를 가르쳐 주었다.

"이모, 오늘은 여기까지만. 사람들이 뭐라고 하겠다."

"귀엽다, 정시우와 한강. 완전 풋사랑이다. 아직 덜 익은 풋풋한 사랑."

"그 풋사랑에 벌써 스크레치가 나 버렸어."

"왜? 끝났어?"

"아니, 그게 아니고 헬리콥터 맘 때문에. 시우 엄마가 헬리콥터거든. 아들 머리 위에서 뱅뱅 도는."

"아, 그 극성 엄마들. 왜 헬리콥터 맘이 너한테 뭐라 그랬어?"

이모 목소리가 높아졌다.

"이모, 목소리 낮춰."

"미안, 열 받아서 그래."

맞다, 나도 그 일을 생각하면 열이 뻗친다. 시우 엄마한테 밑도 끝도 없이 당했으니까. 공부가 문제였다. 공부 엄청 잘하는 자식을 둔 엄마들은 공부 못하는 애들을 진화되지 못한 동물이나 공공의 적으로 보는 것 같다. 나는 그날, 시우 엄마 눈빛에서 그걸 읽었다.

"저, 한강이라고 했지? 나도 이런 말 하는 거 정말 싫지만 어쩔 수 없이 해야겠다. 우리 시우 만나지 않았으면 좋겠다. 시우가 공부할 시간이 없어서. 나중에, 나중에…… 대학 간 후에 만나도 되고."

시우 엄마가 날 찾아와서 세상 미안한 표정으로 말했다. 차라리 "야, 우리 아들 공부 방해하지 말고 꺼져!"가 더 어울렸을 텐데. 하긴 한 자존심 하는 내가 그런 소릴 들었으면 못 참았을 테지만.

"죄송하지만요, 전 나중에 같은 건 안 믿어요."

시우와 내가 사귀는 것도 아니라고요, 하는 말은 꾹 밀어넣었다.

"그렇구나, 그렇게 생각할 수도 있겠지……. 어쨌든 우리 시우 만나지 말아 달라는 부탁, 꼭 들어줬으면 좋겠어."

교양미로 위장했지만 말투는 위협적이었다.

"한강, 이름이 참 좋다. 얼굴도 참 밝아서 좋고."

이 아줌마 교묘하게 말 돌리고 있구나, 생각하는데 내 어깨를 툭툭 치며 도장을 찍듯 내 눈을 똑바로 바라보며 웃었다.

"그럼, 부탁한다. 내 부탁 꼭 들어주리라 믿어."

마음대로 하시던지요. 나는 인사도 없이 쌩 돌아섰다. 자존심에 이처럼 스크레치가 나 보긴 처음이었다. 미묘하게 사람을 깔아뭉개 놓고 웃음으로 마무리하는 저 술수. 시우가 공부를 잘하긴 하지만 나도 우리 반에서 중간 정도는 하는데. 칫, 진짜 기분 나쁘다. 시우에게 이런 내 기분을 뿜어, 말아?

한참 걷다가 멈춰 서서 고개를 세차게 흔들었다. 입력되지 말아라, 방금 전에 있었던 일은, 들었던 말은. 난 그 아줌마를 만난 적이 없는 거다. 시우가 날 싫어하지도 않고, 친구로 지내는 게 죄 짓는 일도 아닌데 쫄릴 필요가 없다. 그냥 무시하고 이때껏 지내왔던 것처럼 그대로 지내면 된다. 나는 내 머리가 납득할 때까지 그 자리에 서 있었다. 그리고 시우를 만나는 주말, 나는 서슴지 않고 물었다.

"정시우, 너네 엄마 헬리콥터 맘이지?"

"응, 완전. 내 머리 위에서 뱅뱅 돌고 있는 헬리콥터지. 미치겠어."

깔끔하게 정리했다. 내 가슴에 스크레치는 어쩔 수 없지만 시우 엄마니까 봐 주기로. 아니, 헬리콥터 맘의 감시 속에서 살고 있는 시우가 불쌍해서 그냥 넘어가 주기로 했다.

"와, 우리 강이 멋지다. 잘했어. 그런데 지난 가을부터 시우와 만났는데 왜 수정이하고 나는 몰랐지?"

"그건 한 주에 한 번, 주말에만 만났기 때문이야. 주말이라도 그 애가 삼촌한테 기술 배우러 가거나 눈비가 오는 날은 못 만났으니까. 그리고 사귀는 것도 아닌데 뭘 얘기해."

"이번에 돌아가면 네가 먼저 고백해. 남자 사람 친구보다는 단짝단짝, 남자 친구가 좋잖아."

"흐, 그럴까? 그런데 걘, 여자 친구 같은 건 관심 없다니까."

"설마, 무생물은 아니잖아, 사람이. 게다가 초록초록한 청춘이 감정이 없다는 게 말이 돼? 그것도 다 헬리콥터 맘 때문일 거야. 여자 친구 사귀면 공부 방해된다고 세뇌시켰을걸."

"맞아. 생각해 보니 시우가 나한테 관심이 있는 것 같긴 해."

어느 날, 시우가 지나가며 "잘 추더라, 너" 하고 싱글거리며 말했다. 나는 시우에게 내가 춤을 춘다는 것도, 춤추는 것을 보여 준 적도 없었다. 그래서 시침을 뚝 떼고 물었다.

"뭐라고?"

"춤 말이야. 봤어, 너 추는 거."

"언제, 어디서?"

"다 아는 수가 있지."

장난스런 시우의 웃음에 괜히 얼굴이 붉어졌다. 그래, 어쩌다 내 뒤를 밟았겠지. 그리고 학원 창 너머로 춤추는 것을 훔

처보았겠지. 거기까지일 거다. 아니다, 녀석이 내 뒤를 밟았다
는 것은 나한테 은근히 관심이 있다는 거다. 게다가 춤추는 것
까지 훔쳐보았다면……. 어쩌면 시우도 풋사랑을 하고 있는지
모르겠다.

"이모, 이제 우리 자야 해."

"그래, 자자. 고마워, 얘기해 줘서."

눈을 감았다. 시우가 씨익 웃는 모습이 동그랗게 눈앞에 나
타났다. 내가 만약 시우와 사귄다면 아니, 주말에 시우와 같
이 있는 걸 하림이가 안다면? 배신이라고 엄청 뭐라고 하겠지.
아, 하림이도 보고 싶다. 하림이는 어떻게 지내고 있을까?


## 18


부사발 역이다.

역 앞에 켜 놓은 가로등만 가물거릴 뿐, 세상이 캄캄했다. 날
이 밝을 때까지 기차역 웨이팅 룸에서 기다려야 했다. 나는 재
빨리 웨이팅 룸으로 달려가 의자 두 개를 차지했다.

"와, 이제 우리 강이 여행의 달인이네."

"피할 수 없으면 즐기는 거지."

이제 좀 알 것 같다. 어렵고 힘든 길에서 얻은 한 가지 지혜는 몸이 고된 것이 정신이 고된 것보다 낫다는 것. 몸이 힘들면 생각의 무게가 덜어지고 어지러운 생각도 차단된다는 것.

날이 밝자 근처 식당에서 아침을 간단히 먹고 인도에서 가장 크다고 하는 무슬림 모스크에 갔다. 인도는 힌두교인이 대부분이지만 무슬림도 많다고 한다. 알라를 섬기는 모스크에 들어갈 때는 반바지, 민소매 옷은 안 되고 룽기라는 천을 빌려서 온몸에 둘둘 감고 맨발로 들어가야 했다.

"왜 신 앞에 나갈 때 맨발로 가야 할까? 발에는 온갖 더러운 것이 다 묻었는데."

"맨발을 좋아하는 섹시한 신이어서 그래. 하긴 인간의 얼굴은 하도 뜯어고친 데가 많아서 원본 그대로인 발을 보려고 하는지도 모르지."

"정말?"

"그건 아니고 발을 벗는 것은 신 앞에 겸손하게 모든 것을 다 벗은 심정으로 선다는 의미일 거야."

모스크 안에는 코란을 공부하는 학교가 있었다. 어린아이들이 흰 모자를 쓰고 작은 책상에 앉아서 손가락으로 글자를 짚으며 소리 내어 읽고 있었다. 이들은 무조건 코란을 다 외워야 된다고 한다. 난 외우는 거라면 정말 질색이다. 선생님들은 밑줄 쫙 치고 무조건 외우란다. 영어 학원에서도 하루에 서른 개씩 단어를 외워 오라고 들들 볶고 다섯 개 이상 틀리면 재시험 보라고 하고. 정말 생각만 해도 짜증 나는 일을 이곳에서도 하고 있었다. 교실에서 나와 잘 가꾸어진 정원을 돌아보는데 큰 나무막대로 가새표를 하고 못을 박아 놓은 곳이 있었다.

"이건 학생 감옥이야. 학생들이 잘못을 하면 이 안에 가두어 놓고 벌을 주었대."

이모가 가이드북을 넘기며 말했다.

'감옥!' 엄마가 했던 말이다.

그때가 가출 이틀째, 낮에는 공원과 개천가를 돌아다녔고 어두워지면 또다시 학원으로 자러 갔다. 의자에 걸쳐 놓은 선생님 카디건과 방석을 덮었지만 새벽녘에는 서늘해서 잠이 깼다. 커피포트에 물을 끓여서 하얗게 피어오르는 더운 김에 손을 비볐다. 휴대폰 배터리도 방전되어서 컴퓨터를 켰다. 메일함을 열어 보니 엄마한테서 메일이 와 있었다. 열어 볼까? 아니야, 무시하자. 책상에 엎드렸다.

감옥이다!

  무슨 제목이 감옥이야? 보낸 시각 3시 54분. 아직 안 자나 보다. 감옥? 마우스를 움직였다. 커서가 글자 위에서 깜빡인다. 열어 봐, 감옥이라잖아. 감옥은 무슨? 다시 컴퓨터를 껐다. 누웠다. 아니, 어느새 일어나 있었다. 그래, 이렇게 두 마음이 계속 싸울 수는 없다. 메일을 열었다.

  강, 어디니? 네가 뭔가 오해한 것 같은데 일단 집으로 와. 만나서 이야기하자. 강, 제발 부탁이야! 엄마는 이 세상 그 무엇보다 널 사랑해. 아무것도 변한 것 없어. 넌 내 딸이야. 사랑하는 내 딸. 빨리 와. 제발 집으로 돌아오기만 해. 부탁이야.

  감옥이다. 너, 정말 날 이렇게 내버려 둘 거야? 빨리 와서 날 좀 구해 줘!

  지금도 또렷이 떠오르는 글자들! 별 생각 없었던 낱말도 아픈 스토리와 엮이면 촘촘한 가시가 되어 달려든다. 가슴이 따끔따끔하다. 눈에 얼음이 박힌 듯 시큰거린다.

"한강, 눈이 빨갛네. 울어?"

이모가 내 눈을 들여다보며 물었다.

"아니, 햇볕이 강해서."

나는 하늘을 향해 얼굴을 찡그렸다.

이모는 모스크를 나와 리어카에서 석류 두 개를 샀다.

"이 붉게 빛나는 석류알이 우리 강이 눈빛과 닮았네."

이모가 석류를 까며 속절없이 웃었다. '아, 내 마음 날같이 아실 이, 사랑도 모르리 내 혼자 마음은…….' 어느 시인의 시가 생각난다. 정말이지 시인의 마음이 지금 내 마음이다. 이모가 넣어 준 석류알이 입속에서 알알이 굴렀다.


## 19


황량하고 메마른 길을 버스가 달렸다. 산치까지는 세 시간 정도 가야 한다. 창문 밖으로 들어오는 먼지가 장난이 아니었다. 손수건으로 막았는데도 목이 칼칼했다.

버스에서 내려 순례자 숙소에 들어서니 온몸이 먼지투성이다. 숙소의 수돗물마저 쫄쫄, 약하게 흘러서 바가지로 물을 받아 가며 겨우 씻었다. 이모는 벽에 기어다니는 도마뱀과 사투를 벌이고 있었다. 빗자루로 쓸어내려도 이놈들은 바닥을 슬슬 기면서 밖으로 나갈 생각을 안 했다. 진짜, 하루하루가 힘겨운 투쟁이다. 이런 극한 상황을 얼마나 더 겪어야 하나?

"너 요즘 구토 안 하더라."

그래도 가슴은 여전히 싸르르, 싸르르 아파, 하는 말을 삼키고 눈을 감았다. 잠이 설핏 들었는데 배가 살살 아팠다. 인도에 오면 누구나 한 번씩 한다고 가이드북에 쓰여 있던데 혹시, 그 배앓이? 점점 뒤틀리듯이 아팠다.

"왜 그래, 아파?"

이모가 걱정스런 얼굴로 물었다. 대답할 새도 없이 아고고, 곧 쏟아질 것 같았다. 그대로 뛰었다. 이모도 벌떡 일어나 황급히 따라 뛰었다.

"어떡해? 어떡해?"

내가 배를 움켜쥐고 화장실을 들락거리자 이모가 따라다니며 징징 울었다. 이렇게 아픈 적이 있었나? 그래, 몇 년 전, 감기 합병증으로 폐렴에 걸렸을 때 숨 쉬기 힘들 정도로 아팠다. 엄마는 밤새도록 나를 간호했고. 깜빡 잠이 들었다 깨어 보면 엄마의 말간 눈이 나를 내려다보고 있었지. 엄마! 눈앞에 엄마 눈빛이 점점 클로즈업 된다. 엄마의 근심 띤 얼굴도! 몸속의 힘이 다 증발해 버렸나, 눈꺼풀을 들어 올릴 힘도 없다. 몸이 방바닥에 착 붙어 버린 것 같다. 엄마, 엄마. 까무룩 잠이 들었다.

"강아, 좀 괜찮아?"

이모다. 내가 착각한 모양이다. 잠든 내내 내 배를 만져 준 것은 엄마가 아니라 이모였구나. 이모의 두 눈이 퀭하다. 엄마와 검은 눈동자가 닮았구나!

"이제 날이 샜으니까 병원 가자."

숙소 주인이 불러 준 오토릭샤를 타고 병원에 갔다. 문을 열고 들어서자 양치질을 하고 있던 의사가 가운도 입지 않은 채, 청바지에 티셔츠 차림으로 우리를 맞았다. 의사가 나를 침대에 눕히더니 이리저리 배를 꾹꾹 눌러 보고는 파티션 뒤로 데리고 가서 수액을 놓아 주었다. 이 병원에는 간호사도 없는 모양인지 의사가 혼자서 진찰하고 주사도 놓았다. 그러다 간간히 거대한 몸을 흔들며 유쾌하게 웃었다.

이모는 방울방울 떨어지는 주사약을 쳐다보기도 하고 내 손을 잡기도 하면서 줄곧 옆에 앉아 있었다. 아픈 나도 나지만 하룻밤 사이에 이모의 얼굴도 무척 파리해졌다. 내 손을 만지작거리던 이모가 꾸벅꾸벅 졸다가 깜짝 놀라 깨어나서는 계면쩍은 표정으로 빙그레 웃었다.

"마미? 베리 타이어드?"

의사가 눈을 찡긋하며 이모를 가리켰다. 나를 위해 밤을 새워 준 것은 고맙지만 이모가 엄마인 척하는 건 싫은데 말할 힘이 없었다. 점심때가 되어서야 주사를 다 맞고 약을 받아서 돌아왔다. 이모가 한국에서 가지고 온 햇반으로 죽을 쑤었다.

"이 죽 먹고 약 먹자. 맨 속에 약 먹으면 속 쓰려. 자, 억지로라도 먹고 기운 차려야 해."

죽을 호호 불어서 떠 넣어 주는 이모 얼굴에 근심이 서렸다. 죽을 한 술 받았지만 입속이 바짝 말라서 넘어가지 않았다.

"한 술만 더, 응?"

이모가 자기 입을 딱 벌리며 숟가락을 내밀었다. 겨우 세 숟가락을 받아먹고 잠이 들었다. 얼마쯤 자다가 깨어 보니 이모도 내 옆에서 모로 누운 채 잠들어 있었다.

꿈에서 엄마를 보았다. 엄마가 자꾸만 어떤 들판 같은 곳으로 걸어갔다. 외가 동네 같기도 하고 아닌 것도 같은데 아무리 불러도 뒤돌아보지 않고 앞으로만 걸었다. 엄마, 엄마. 목이 터져라 불렀지만 끝내 엄마는 뒤돌아보지 않았다. 그러다가 또 장면이 바뀌면 엄마가 옆에 앉아서 내 이마를 짚고 있는 것 같기도 하고, 배를 만지는 것 같기도 했다. 엄마의 손길과 숨결이 시공간을 초월하여 마치 내 옆에 있는 것처럼 느껴졌다. 참 따뜻하고 포근했다.

"한강, 너, 다 큰 줄 알았더니 아직도 아기더라. 자꾸만 엄마, 엄마만 찾고."

이모가 내 이마를 닦아 주며 희미하게 웃었다.

"넌 갓난아기였을 때부터 별났어. 몸이 좀 안 좋으면 네 엄마 품에 따개비처럼 붙어만 있었으니까. 내가 안으면 용케도 알고 밀어냈고. 그러다가도 네 엄마가 안으면 금세 뚝 그쳤으니까. 그걸 보고 할머니가 그랬어. 넌 하늘에서 내려 준 수정이 딸이라고."

그럴까? 정말 하늘이 내려 준 한수정의 딸일까, 내가? 엄마가 나 때문에 옷수선집을 차렸다고 할머니가 말한 것은 기억한다. 의류학과를 나와서 옷 만드는 회사에 취직했는데 나 때문에 회사도 그만두고 수선집을 차렸다고. 나를 남에게 맡길 수 없어서. 나도 다 알아, 엄마가 어떤 사람인지. 그래서 마음이 더 아파. 내가 이러면 안 되는데. 엄마한테 이러면 안 되는 거잖아. 그래도 엄마가 날 낳지 않았다는 생각을 하면 죽을 것같아. 어떡해야 할지 몰라서 미치겠어. 내가 왜 이래야 하는지.

결국 목구멍 깊은 곳에서 울음이 터져 나오고 말았다. 이모도 나를 안고 소리 죽여 울었다.

<br>

20

사흘 만에 기운을 차렸다.

산치에서의 일정은 넓은 평원에 세워진 산치 대탑의 저녁 일몰을 보는 것으로 끝났다. 잔시까지 버스로 이동하고 또 기차를 타고 카주라호에 도착하니 해가 저물었다. 다행히 이곳 숙소 식당은 한국 여행객을 위해서 한식으로 밥을 차려 주었다. 우리 김치와는 약간 다른 것도 같았지만 그래도 제법 비슷한 맛이 났다.

"여기 와서 한수정 김치의 소중함을 뼈저리게 느낀다야. 한국 돌아가면 한 달 동안 김치하고만 밥 먹어도 될 것 같아."

"이젠 이모가 좀 담가, 바쁜 엄마한테……."

아, 무심코 불쑥 나온 말에 수습이 안 된다. 이젠 감정 조절 뇌가 고장 난 게 틀림없다. 왜, 밥상을 앞에 놓고 괜한 말끝에 눈물이 주르륵, 흐르냐고. 참 난감한 상황이다. 다행히 내 당황

하는 모습을 이모가 수습했다.

"내가 리틀 한수정을 데리고 왔지. 지 엄마랑 똑같이 잔소리는."

눈을 살짝 흘기며 농담으로 대책 없는 내 눈물을 무마하는 이모 이마에 물방울이 맺혔다. 밥을 먹고 식당에서 준 짜이를 마시며 텔레비전을 쳐다보고 있는데 이모가 내 앞으로 휴대폰을 쓱 밀었다.

"전화해."

"됐어."

고개를 저었지만 이미 이모가 단축키를 누른 후였다.

"응, 나야. 잘 있지. 알았어, 옆에 있으니까 바꿔 줄게."

이모가 휴대폰을 건네주고 휙 나가 버렸다.

"강이니? 어때? 괜찮아?"

조바심 어린 목소리가 급했다.

"응."

"배는, 배는 괜찮아?"

"응."

"얼마나 걱정했는지 몰라. 엄마가 계속 기도했어. 이제 괜찮을 거야."

"응."

"사랑해, 한강."

"응."

내 감정 조절 뇌를 믿을 수가 없어서 기계음처럼 한 음절로
만 대답한 후 전화를 끊었다. 이런 바보 같은 내 모습에 화가
났지만 약한 모습을 보이는 것보다 짧은 대답이 낫다고 스스
로 위로했다. 오랜만에 듣는 엄마 목소리, 여전히 얄밉지만,
좋다.

그런데 이상하다?

사랑해, 한강?

늘 통화 엔딩 멘트가 "사랑해, 딸", "사랑해, 엄마 딸" 아니었
나? 나도 내 나름대로 뭔가를 수습하려고 노력 중인데 엄마는
이미 마음의 정리를 끝냈나? 그럼 나는? 아니야, 아니야. 내가
예민한 거야. 방금 내 걱정하는 소릴 들었잖아. 한참이나 바깥
을 서성거렸다. 불안하고, 화가 나고, 화가 나고 불안하고, 나
도 뭐가 뭔지 모르겠다. 마음을 가라앉히고 방에 들어가니 이
모가 수첩을 펴 놓고 있었다.

"수정이가 뭐래?"

"뭐, 그냥. 안 아프냐고. 이모 뭐 해?"

"가게 일 정리."

"참, 신기루주점은 어떻게 하고 왔어?"

"아는 언니한테 맡기고 왔어. 이번에 돌아가면 업종을 좀 변경해 볼까 해. 이제 물장사 때려치우고, 낮에 하는 업종으로."

"좋아. 늘 이모가 밤 장사 한다고 엄마랑 할머니가 불만이었는데. 뭘 하고 싶은데?"

"식당 같은 거."

"이왕이면 갈빗집 해. 갈비나 실컷 먹게."

"좋았어. 한 번 생각해 볼게."

"그런데 왜 갑자기?"

"그동안 돈 좀 벌어 보려고 밤에 일했지만 이제 밝을 때 일하고 싶어. 한강, 네 얼굴도 이렇게 보면서."

"그래, 엄마도 이모 땜에 걱정 많이 해. 언제까지 밤에 장사 하면서 살 거냐고. 늙으면 그것도 못 한대. 그러니 이모도 좋은 사람 있음 빨리 결혼해서 살면 좋겠대."

"어머머, 수정이가 그래? 난 결혼에 관심 없어. 나중에 강이 너나 좋은 사람 만나서 결혼 잘 했으면 좋겠다."

"난 결혼 안 해."

엄마랑 이모랑 같이 살 거야, 하는 말을 덧붙이지 못해서 속상했다.

"그것도 좋아."

이모가 돌아보며 웃었다.

"칫, 이모 딸이라도 그렇게 말할 수 있어?"

"당연하지. 넌 내 딸도 되니까."

"웃겨! 내가 왜 이모 딸이야."

"야아~."

이모가 몸을 돌려 내 다리를 끌어안으며 낄낄댔다. 나도 솔직히 고백하면 우리 엄마하고 이모가 바뀌었으면, 하고 생각한 적이 있다. 쫀쫀한 한수정의 잔소리보다는 시원시원한 한수지의 덜렁거림이 더 좋을 때도 있으니까. 한수정의 야무진 삶과 한수지의 매사 긍정이 합쳐지면 정말 퍼펙트한 인간이 탄생할 텐데.


21


시바 사원에 갔다. 이른 새벽인데도 동쪽 사원군 앞에 남자들이 나체로 앉아서 기도하고 있었다.

"이쪽 동쪽 사원군은 자이나교 사원. 저 사두들은 자이나교의 풍습에 따라 나체 수행을 하는 중이래."

이모의 설명에도 나는 눈을 어디에 두어야 할지 몰라 난감했다. 아무리 종교를 믿는다고 하지만 저렇게 발가벗고 있어도 되나? 우리나라 같으면 벌써 풍기문란으로 경찰이 출동했을 거다.

"아름답지?"

이모가 사원 벽에 새겨진 조각들을 가리켰다.

"으윽."

노골적인 성행위 장면이다. 당혹감에 얼굴이 붉어졌다.

"예술가의 눈으로 봐. 조각들이 아주 정교하고 섬세하잖아. 여긴 힌두교, 불교, 자이나교가 사이좋게 공존하는 곳이야. 종교의 공존! 내가 해 놓고 봐도 정말 멋진 말이다. 그럼, 맞지. 종교는 사랑, 자비, 그러니까 암튼 좋은 거잖아."

이모가 횡설수설 얼버무렸다. 말뜻은 알겠지만 우리 같은 애들이 남녀의 성에 대해서 말하면 괜히 밝히는 애, 나대는 애로 취급당하니까 내숭이 필요한 거다. 보고도 안 본 척, 아무것도 모르는 척하는 게 성에 대해 터부시하는 환경이 가르쳐준 반면교사이니까.

해가 떠오르자 카주라호 사원이 붉게 빛났다.

"빛의 방향에 따라 색깔이 변하네."

이모가 손차양을 만들어 사원을 올려다보았다.

"사람도 햇볕이 비추는 방향에 따라 다르게 보일까?"

"사람은 자체발광이야. 화장도 하고, 성형도 하면서 발광체가 되려고 노력하잖아."

"어디 봐. 이모도 눈가의 주름만 없으면 자체발광인데. 주름 제거 수술해."

"이 눈주름 만드는 데 사십 년 넘게 걸렸어. 어떻게 만든 건데 아깝게. 난 빨리 늙고 싶어. 내가 늙어야 강이 네가 어른이 되고, 어른이 되면. 히잇, 같이 잘 먹고 잘 살 거니까."

사람이 잘 먹고 잘 살기만 하면 돼? 적어도 자기 뿌리는 알아야 될 것 아냐. 갑자기 말이 튀어 나올 뻔했다. 동상이몽, 같이 다녀도 이모와 나는 서로 다른 생각을 하고 있다. "내 마음 날같이 아실 이"는 없을 테니까 너무 슬퍼하진 말자.

"빨리 가서 아침 먹고 헤나 하러 가자. 예약해 놨어."

이모가 재촉했지만 나는 계단에 앉아서 햇살이 채워지는 나뭇잎을 멀거니 바라보았다. 엄마가 재봉틀 옆에 놓고 키우는 행운목에 꽃이 피었을까? 7년에 한 번 꽃이 핀다고, 올해가 바로 꽃이 피는 해라고 기다리고 있던데. 파란 잎새 사이로 하얀 별꽃이 터져 나오면 행운이 찾아올거라고 좋아했는데. 엄마에게 찾아올 행운은 뭘까?

"강아, 나 좀 급한데 빨리 가자."

이모가 배를 움켜잡고 몸을 비틀었다. 화장실에 같이 가자는 거다. 나는 가방에서 블랭킷을 꺼내 들었다.

"참 다이내믹한 아침이다. 얼른 가."

이모가 급히 휴지와 비닐봉지를 챙겨 들고 블랭킷을 허리에 감았다. 이런 일은 인도에서 종종 있는 일. 나도 이모의 도움을 받았기에 의리를 지켜야 한다. 이런 시골의 숙소에는 화장실 없는 집이 많았다. 몇 년 전부터 정부에서 여행객을 받으려면 화장실을 만들어야 한다고 집주인들에게 말했지만 씩 웃을 뿐이라고 했다. 어떻게 더러운 화장실을 집 안에 만들 수 있냐며.

사람들은 작은 양동이에 물을 받아서 들판으로 나간다. 그곳에서 볼일을 보고 물로 뒷처리를 한다. 우리는 그걸 못하니 휴지와 사용한 휴지를 담을 비닐 봉투를 가지고 가야 했다. 고맙게도 인도의 강한 태양과 바람이 사람들이 배출한 것을 금방 날려 버리기에 망정이지 그렇지 않으면 온 들판이…… 상상만 해도 토 나온다. 인도 여자들은 사리를 입었으니 넉넉한 천으로 엉덩이를 가리면 되지만 우린 반바지 차림이어서 치마로 갈아입거나 블랭킷을 둘러야 한다.

이모와 나는 꼭 같이 들판에 나간다. 이젠 익숙해져서 민망하지도 않다. 한 사람은 쪼그리고 앉아서 볼일을 보고 한 사람은 그 옆에 멍하니 서 있고.

"우린 정다운 뒷간 동지야."

이모가 큭큭댔다.

"아, 빨리 볼일이나 끝내."

이 초라한 자세에서 웃음이 나오냐고.

"저놈의 태양 빛이 사람도 말려 버리겠다. 진짜."

내가 모자를 눌러쓰며 툴툴대자 이모가 또 큭큭댔다.

"태양이 하얗게 말려 버린, 박제된 이모와 조카를 보시거든 자연사 박물관에 전시해 주시오."

이모의 어이없는 농담에 나도 그만 웃고 말았다.

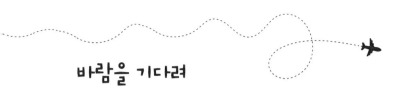

# 바람을 기다려

22

밤새 버스로 달려온 황금의 도시 자이살메르. 도시를 둘러싼 높다란 성벽과 푸른 초원이 기다리고 있었다. 인도는 땅덩이가 넓어서 그런지 가는 곳마다 색깔이 달랐다. 이곳은 황금의 도시답게 온통 누런색이다. 누런 흙으로 지어진 성채와 건물이 사정없이 내리쬐는 햇볕에 익어 가고 있었다.

아침을 먹고 낙타 사파리 지프를 탔다. 지프에는 네 명의 관광객이 타고 있었다. 지프가 흙먼지가 날리는 황량한 사막 가시덤불 사이를 달려서 작은 마을에 도착했다. 흙투성이 아이들이 맨발로 서서 해맑게 웃으며 쳐다보았다. 내가 손을 내밀자

한 아이가 꼬질꼬질한 손을 내밀며 방글거렸다. 행복지수라는 말이 생각났다. 이 아이들의 행복지수는 얼마나 될까? 나보다 높을까? 그래, 높을 거야. 적어도 저 아이들의 웃음은 거짓이 아닐 테니까. 마음에서 우러나오는 웃음일 테니까. 외지인을 친근한 웃음으로 맞아 주는 따뜻한 사람들에게서 정이 느껴졌다.

"이곳은 사막 가운데 있는 오아시스 마을이래."

이모의 말에 먼눈으로 여기저기 둘러보는데 낙타 몰이꾼들이 낙타를 끌고 나타났다. 열 명 정도의 관광객이 더 모여 들자 사파리를 안내하는 사람이 관광객을 데리고 다니며 마을 구경을 시켜 주었다. 이모와 손을 잡고 걸어가는데 작은 문 앞에 서 있던 젊은 여인이 배시시 웃으며 들어오라고 손짓했다. 우리가 집으로 들어가자 여인은 이모와 내 팔에 그려진 헤나를 보고 예쁘다고 했다.

둥근 집 안은 한쪽에 불을 지피는 화덕이 있고 바닥은 아무것도 깔지 않은 맨땅이었다. 큰 항아리에 옷가지를 담아 놓은 것이 가재도구의 전부였다. 정말 간소했다. 사람이 사는 곳이라고 하지만 관광객을 위해 연출한 세트장 같았다. 사람이 이렇게도 홀가분하게 살 수가 있구나.

"이 맨바닥에 그냥 누워서 자는 건 아니겠지? 두 유 슬립 온 더 플로어?"

이모가 바닥을 가리키며 여자에게 묻자 여자가 고개를 끄덕였다. 눈동자가 무척 또렷하고 맑았다. 그녀가 화덕에 불을 피워 짜이를 끓였다. 이모는 나를 세워 놓고 델리에서 사 온 보자기로 내 얼굴과 목, 다리를 돌돌 감았다.

"낙타 타고 하루 종일 가다 보면 화상 입어. 이렇게 눈만 내놓고 다 가려야 돼. 나도 처음 왔을 때 꼼꼼하게 안 가려서 나중에 내려서 보니 다리가 빨갛게 익은 거 있지. 밤새도록 화끈거려서 혼났어."

여자가 짜이를 컵에 따라 주었다. 이모가 여자를 향해 눈을 찡긋하더니 가방에서 손수건 한 장을 꺼내서 선물했다. 여자가 수줍은 듯 미소 지으며 받았다. 우리는 함께 사진을 찍고 집에서 나왔다.

낙타 몰이꾼 중에는 초등학생쯤 되어 보이는 어린아이도 있었다. 그들은 머리에 터번을 쓰고 익숙하게 낙타를 다뤘다. 낙타의 행렬은 한 줄로 쭉 이어졌다. 나는 낙타 중에서도 제일 큰 어미 낙타를 탔다. 내 낙타 옆에는 새끼 낙타가 줄곧 어미 주위를 맴돌며 따라왔다. 어미는 걸음을 옮기면서도 새끼 낙타에게 눈을 떼지 않았다. 어린 새끼는 키 작은 가시나무 잎을 훑으며 장난을 치느라 늦었다. 그럴 때마다 어미 낙타는 걸음을 멈추고 새끼 낙타를 기다렸다. 앞장서서 출발한 내 낙타가 새끼 때문에 제일 뒤처졌다. 낙타 몰이꾼이 채찍으로 어미 낙타를 때렸다. 그래도 어미 낙타는 새끼가 가까이 올 때까지 눈을 끔뻑이며 매를 두려워하지 않고 서 있었다. 어미 낙타의 새끼 사랑이 살갗을 파고드는 채찍의 아픔도 잊게 하는 것 같았다.

엄마도 그랬다.

중학교 1학년 때였다. 어쩌다가 친구를 따돌리는 일이 벌어졌는데 나도 가해자 중 한 명이 되었다. 학폭이 열렸고 엄마도 불려 왔다.

"난 한마디도 안했어. 그냥 잘못했다고, 내가 자식을 잘못 가르쳤다고 빌었어. 어쨌거나 잘못한 거 맞잖아."

"걔가 얼마나 웃기는 앤지 엄마가 몰라서 그래. 걔 때문에 우리도 힘들었다고. 그리고 왜 빌어. 자존심 상하게."

"자식을 위한 일에 무슨 자존심이야. 너를 위한 거라면 엄마는 더한 것도 할 수 있어."

다음 날 선생님이 "너희 엄마 좋은 분이시더라" 하고 말하는데 괜히 뿌듯했다. 한 자존심 하는 한수정이 딸을 위해서……
아니다. 엄마가 얼마나 의뭉스럽고 능청스런 거짓말쟁인데.

"한강, 참 이상하다. 저렇게 텔레비전 아이 낳는 장면이 나오면 갑자기 내 배도 아파 오는 것 같아. 널 낳을 때도 많이 아팠거든. 참, 애를 낳아 본 엄마들은 다 나처럼 그럴 거야."

언젠가 둘이서 텔레비전을 보면서 한 말이다. 어떻게 입술에 침 한번 안 바르고 그런 말을 할 수 있을까?


가도 가도 모래사막, 쏟아지는 태양을 피할 한 뼘의 그늘도 없었다. 저 높은 하늘과 넓은 사막 위에 작은 한 점이 되어 앞만 보고 묵묵히 걸어갔다. 이글거리는 태양 아래 정직한 땀방울이 흘러내렸다.

"렛츠 해브 런치, 히얼."

낙타 몰이꾼의 말에 고삐를 당겼다. 참 고마운 오아시스다. 끝날 것 같지 않은 사막과 사막 속에 작은 냇물이 흐르고 제법 앉아서 쉴 수 있는 나무도 있었다. 우리 삶에도 힘들고 지칠 때 이렇게 찾아가 쉴 수 있는 오아시스가 필요한데. 내게 오아시스는? 엄마! 엄마만 부르면 무슨 일이든 해결되었지. 오아시스였구나, 엄마가! 그런데 나는 그 오아시스를 멀리 둔 채 지금 이렇게 걷고 있다. 내가 걷고 있는 곳은 어디쯤일까? 고운 모래 산 어디쯤, 거친 모래 언덕 어디쯤? 저 광활한 하늘이 덮고 있는 대지의 어디쯤이겠지. 그래, 죽을 것 같아도 여기서 멈출 순 없다. 사막이 숨겨 놓은 오아시스가 기다리고 있을 테니까.

낙타 몰이꾼이 능숙한 솜씨로 냄비를 펼쳐 놓고 밥을 해서 그릇에 나누어 주었다. 밥에 모래가 바작바작 씹혔다. 이모가 내 밥그릇에 물을 붓고 살살 일었다. 장난이 아니다. 밥그릇 밑에 보이는 모래알. 이모가 몇 번이나 헹궜지만 최악이었다.

또 낙타 등에 올라타고 투명한 하늘빛을 따라나섰다. 땅바닥에 달라붙은 키 작은 마른 가시나무와 건조한 바람, 뜨거운 태양, 가도 가도 끝이 없을 것 같은 황량한 사막이다. 사람이 살아가는 것도 사막을 걷는 것과 같지 않을까? 누군가가 밟고 지나간 길은 바람에 그 흔적이 지워지고, 또 누군가가 발자국을 남기고 또 사라지고……. 누가 언제 어떻게 밟았든 바람이 지운다는 것. 내가 걸어온 길도 언젠가는 바람이 지우고 지나가겠지. 그 바람을 기다려 볼까? 내 슬픔과 고통을 지워 줄 바람이 불어올 날이 정말 있을까?


하얀 모래사막이 물결무늬를 이루며 펼쳐져 있는 곳에서 낙타 몰이꾼들이 고삐를 당기자 이모가 기쁜 듯 외쳤다.

"다 왔대. 오늘 밤 여기서 잘 거야."

낙타에서 내려 사방을 둘러봐도 하늘과 모래뿐이었다. 우리는 짐을 풀고 침낭을 꺼내서 아직 해가 떨어지지도 않았는데 잠자리를 만들었다.

"너 밥 땜에 걱정했지? 짜잔."

이미 다 먹어 치운 줄 알았던 햇반이다. 나도 꿍쳐 두었던 컵라면 한 개를 꺼내어 이모한테 내밀었다. 이모는 뜨거운 물을 얻어 와 컵라면에 부었다.

"자, 햇반을 이렇게 라면에 말아서 먹으면 되겠지."

"좋아, 좋아. 아주 좋아."

반찬이 없어도 좋았다. 이모와 만든 라면밥은 최고였다. 우리는 마주 보며 호호 웃었다. 이 보잘 것 없는 음식에도 즐거워하는 걸 보니 이제 우리 둘, 케미가 좀 맞는 것 같다. 이모가 내 보호자 노릇을 할 수 있을까 의심했던 게 미안할 정도로.


23


하늘에 주먹만 한 보석을 흩뿌려 놓은 듯 별이 쏟아졌다. 마음이 경건해지면서 그토록 뜨거웠던 한낮의 태양이, 건조한 공기와 메마른 사막이 고맙게 느껴졌다.

"야, 정말 환상이다!"

그동안 인도를 돌아다니며 밤하늘에 별을 보았지만 저렇게 무수한 별은 처음이었다.

"이모, 춤출까?"

"정말?"

"음악은 없지만 그냥 한번 해 볼게."

쏟아져 내리는 별을 보며 하얀 사막의 모래 위에서 춤추고 싶었다. 나는 맨발로 가뿐하게 모래밭에 섰다. 내가 좋아하는 여자 가수 노래로 힙합을 추면 좋을 것 같았다. 젝 인더 박스 스텝으로 몸을 흔들며 가볍게 팔을 내저었다.


헤이 유

내가 좀 섹시 섹시 반했니~


내가 작은 소리로 노래하자 이모가 자리에서 일어나 가만히 손뼉을 쳤다. 모래밭은 발소리가 나지 않아서 사람들이 춤추는 것을 알지 못했다. 나는 모래에 푹푹 빠지는 발을 박차며 팝핀으로 무릎을 돌리고 스윙으로 날았다. 정신없이 춤을 추다가 생각지도 않은 노랫말에서 숨이 턱 막혔다.

태어나서 감사해 에브리 데이~~

'감사해, 태어나서 감사해.' 몸이 스르르 밑으로 꺼져 내렸다. 그 자리에 잦아들 듯 쓰러졌다. 이모가 내 얼굴 위로 다가왔다. 나는 이모 목을 안으며 가쁜 숨을 삼켰다.

"이모, 말해 줘. 내가 누군지 알아야 감사할 수 있잖아."

"미안해, 강아. 조금만, 더 기다려 줘. 부탁이야."

"왜, 왜, 지금은 안 돼?"

"그건, 그건……."

끝내 이모가 입을 다물었다. 나는 팔을 풀고 하늘을 똑바로 올려다보았다. 갑자기 불어오던 소슬바람이 멈추었다.

이모의 고통스런 표정은 무얼 뜻하는 것일까? 진실을 두려워하는 이유는 무엇일까? 아무리 생각해도 이해가 되지 않는다.

이 검은 사막에서 밤은 깊어가고 하늘에선 별이 뚝뚝 떨어지는데, 나는 왜 이렇게 가슴이 싸르르 싸르르 아파 오는 걸까?

눈가에 소리 없이 눈물이 흘러넘쳤다.

한강, 울지 말고 저 하늘을 올려다 봐. 저 광할한 우주, 이 거대한 자연앞에 넌 작고 작은 모래 알갱이 하나 같은 미미한 존재야. 아무도, 아무도 네 슬픔 따윈, 생각지도 않는다고. 그러니까 너도 너무 슬퍼하지마.

그래, 나도 알아. 난 작고 미미한 작은 존재야. 하지만 작고 미미한 존재라도 그리움 하나쯤은, 지금 이시간 간절한 그리움 하나쯤은 있을 수 있는 거잖아. 이렇게 나란히 누워 저 반짝이는 별과 사막의 모래 물결을 같이 보고 싶은 사람이 그리워, 진심으로. 그 사람은 내가 태어난 것을 감사하고 있을까……!

침묵 속에 얼마나 시간이 흘렀을까?

옆에 누웠던 이모가 읊조리듯 말했다.

"강, 정말 미안한 말이지만 사랑이, 사랑이야. 네가 태어난 것도 사랑이었고, 수정이와 내가 이렇게 네 옆에 있는 것도 사랑이었어. 그것만 알아 줘. 우리가 함께한 모든 순간과 시간이 사랑이었다는 걸. 앞으로도 그럴 거고."

멈추었던 소솔바람이 사사삭, 숨죽이며 지나갔다. 이모의 작은 소리가 내 가슴에 부딪치며 바람을 따라갔다.

이모가 몸을 돌려 살풋, 나를 안았다.

"한강, 고마워. 사막 같은 내 인생에 찾아온 천사님."

이마를 마주 붙이고 이모가 내 눈을 가만히 들여다보았다.

"넌 하나님이 우리 자매에게 내려 준 가장 귀한 선물이야. 널 보면서 살아 있다는 걸 감사해. 수정이도 그럴 거야."

나는 대답 없이 돌아누웠다. 이모가 뒤에서 내 허리를 끌어안고 등에 얼굴을 꼭 붙였다.

"그 예쁘고 작은 입을 오물거리며 별빛 같은 눈으로 우리에게 온 작은 아가야. 태어나 줘서 정말, 정말 감사해. 에브리 데이~."

이모의 부드럽고 맑간 목소리가 내 마음속으로 조용히 흘러들어 왔다. 별이 쏟아진다. 다시 바람이 불어온다. 나는 조용히 눈을 감았다.


## 24


사막에서 돌아온 후, 곧장 아그라를 향해 출발했다. 무굴의 황제 샤자한이 사랑하는 여인을 위해 지었다는 타지마할! 이미 가이드북에서 사진으로 보았기에 은근히 기대가 되었다. 초저녁에 탄 기차는 다음 날 아침이 되어서야 목적지에 도착했다. 역 앞 식당에서 아침을 먹고 곧바로 타지마할로 향했다.

타지마할의 넓은 뜰은 이미 불에 달군 것처럼 뜨거웠다.

"야, 멋있다!"

이모가 두 팔을 들고 어린아이처럼 외쳤다. 동양의 보석이라고 불린다는 타지마할은 하얗고 아름다운 한 알의 거대한 예술품이었다. 하지만 가이드북에서 죽은 자가 산 자들을 불러 모으는 곳이라고 읽었기 때문에 씁쓸했다.

"저 아름다운 무덤에 묻힌 사람은 죽어서도 행복할 것 같아."

"죽은 사람이 행복을 느낄 수 있을까? 이런 건축물을 다시는 짓지 못하도록 여기서 일했던 일꾼들의 손목도 잘랐다는데. 죽은 한 사람을 위해 그런 잔인한 짓을 하다니 정말 미친 거야."

"하긴, 괴물이 권력을 쥐게 되면 백성만 죽어나는 거지."

이모가 모자에 꽂았던 선글라스를 내려 쓰며 고개를 주억거렸다.

"자, 어쨌거나 요기, 요 포토 존에 서 보시라."

또 시작이다. 참 지치지도 않는다. 만약 타임머신을 타고 이모의 젊은 시절로 돌아가 그 남자와의 사랑을 직접 볼 수 있다면 저 마음을 이해하게 될까? 얼마나 그리우면 이렇게 자꾸 추억을 헤집으려고 할까? 내가 어정쩡하게 서 있자 이모가 카메라를 고정한 후, 뛰어와서 내 팔짱을 끼었다. 바늘 같은 햇살이 눈을 찔렀지만 이모는 아랑곳하지 않았다.

타지마할을 구경하고 나서 강 건너편에 있는 붉은 아그라 성으로 갔다. 성에 올라가서 건너편을 바라보니 투명한 구름 속에 타지마할이 하얗게 빛났다. 샤자한 왕은 이 붉은 성에 갇혀 사랑하는 아내의 무덤을 바라보며 슬퍼하다 죽었다고 한다.

아프고 슬픈 사랑. 대상은 다르지만 생각해 보니 엄마와 나도 참 아픈 사랑이다. 엄마는 누군가 버린 핏덩이를 그 우둘투둘한 가슴으로 받았고, 나는 그 가슴에서 사랑으로 살아왔다. 지금 와서 문제 될 것이 무엇인가? 그리고 아무리 사랑하는 사이라도 저 무덤처럼 언젠가는 이별할 텐데, 마냥 원망만 하다가 소중한 것을 놓치는 건 아닐까?

"이모가 집 떠나기 전에 동생한테 물어봤거든? 사랑은 죽음보다 강하다는데 넌, 네 딸을 죽음보다 더 사랑하냐고. 한 치의 망설임도 없이 너를 위해서라면 자기 생명도 내 줄 수 있다고 하더라. 넌, 네 엄마를 어떻게 생각하는지 모르지만 내가 보기엔 한수정은 널 엄청 사랑하고 있어. 좋은 엄마야. 너도 충분히 사랑받을 자격이 있는 아이고. 솔직히 너희 둘은 눈빛만 봐도 딱 알 수 있는 찰떡 모녀잖아."

"왜, 갑자기?"

"아니, 그냥 그렇다고."

어젯밤에도 이모는 모든 게 사랑이라고 했다. 눈으로 볼 수도 손으로, 만질 수도 없는 사랑. 이 실체 없는 추상적인 감정이 왜 이렇게 무거울까?

"한강, 사람이 사람을 사랑할 때, 가장 힘든 게 뭔지 알아?"

붉은 성벽에 기대어 선 이모가 팔짱을 끼고 먼 하늘을 올려다보았다. '거짓, 진실을 감추는 것'이라는 말이 떠올랐지만 이모 입술이 곧 움직일 것 같아서 가만히 기다렸다.

"그건, 바로 내 스스로 절망하는 마음이야. 수정이는 그걸 마음속에 들어온 사탄이라고 하더라. 그것이 늘 내게 속삭여. 넌 사랑할 수도, 사랑받을 수도 없는 못난이야. 그러니까 사랑해서도 사랑받아서도 안 돼, 하고."

이모가 입술을 쭉 내밀며 후후 웃었다.

"사탄이란 놈이 끝없이 사랑을 의심하고 원망하게 꼬드겨. 생각해 보면 아무것도 변한 게 없고, 사랑하고 사랑받지 못할 이유가 없는데 말이야. 그 나쁜 것은 우리가 망하길 바라나 봐."

이모의 아득한 눈빛에 푸른 하늘이 담겼다.

"하지만 이제는 그 못된 것을 쫓아낼 거야. 그리고 많이 사랑하고 사랑받을 거야. 그 어떤 의심도 원망도 없이."

마음속의 못된 것? 엄마도 메일에 그렇게 썼지.

강아, 네 마음속에서 못된 것이 널 꾀고 있는 거야. 정말 오해야. 아무것도 변한 것 없어. 넌 내 딸이야. 사랑하는 내 딸. 빨리 와. 제발 집으로 돌아오기만 해. 부탁이야!

이것이 엄마의 진실이라면 지금 나도 '나를 망하게 하는 그것'에게 당하고 있는 것일까?

아무것도 변한 게 없다? 하지만 이건 의심과 원망의 문제가 아니야. 거짓과 진실의 문제야. 거짓을 밝혀 낸 후에야 비로소 참된 진실이 드러나는 법. 누구의 선택이든 우리가 엄마와 딸로 살아왔다면 적어도 거짓은 없어야 해.

"강, 저기 좀 봐. 와, 굉장하다!"

타지마할이 태양빛을 배경으로 하얀 진주알이 되어 떠오르고 있는 것 같았다.

"말 그대로 걸작이다. 진짜."

저런 걸 걸작이라고 하는구나, 감탄하는데 이모가 내 얼굴을 빤히 쳐다보며 말했다.

"저 타지마할도 걸작이지만 넌 더 걸작이야. 주관적으로 봐도, 객관적으로 봐도 최고의 걸작. 어쩜 요렇게 예쁠까? 시원한 눈매와 오똑한 코. 도톰한 붉은 입술, 이 머릿결까지 반짝이는 것 좀 봐. 진짜, 작품이다, 작품. 신이 만든 최고의 걸작품!"

"아, 왜 그래?"

내 볼을 살살 두드리는 이모 손을 쳐내며 얼굴을 찌푸렸다.

"영광이라고요. 이런 예쁜 소녀를 혼자서 독차지 할 수 있다는 게 가슴 벅찬 영광입니다요. 강, 너 연예인 할래? 이모 매니저로 쓰고. 업종 변경, 매니저 하는 것도 괜찮을 것 같은데."

"됐어."

내가 손을 내저었지만 이모는 활짝 웃었다. 예쁘다는 말은 어릴 때부터 많이 들었다. 유치원 때부터 친구들은 내가 예쁘다고 했다. 학원 선생님은 춤추기 위해 태어난 예쁜 몸매라고 했다. 예쁘다고 사귀자는 남자애들도 있었다. 이모가 풋사랑이라고 말한 정시우를 만나기 전까진, 나도 남자애들에게 별로 관심이 없었다. 학교 끝나고 학원 마치면 곧바로 집으로 달려왔다. 엄마 옆에 앉아서 깔깔대면서 수선할 옷 실밥도 따 주고, 맛있는 것도 같이 먹었다. 나에게 엄마는 언제나 제일 좋은 친구였다. 거기다 이모까지 있으면 우린 완벽한 트리오였다. 나의 제일 좋은 친구, 엄마가 보고 싶다!

# 사랑은 날마다 조금씩

25

밤기차를 타고 바라나시에 왔다. 무채색 새벽 공기가 자욱한 거리는 음침하도록 가라앉아 있었다. 예약한 숙소를 찾아가는 길은 다닥다닥 붙은 집과 그 사이에 나 있는 조밀한 골목으로 이어져 있었다.

"세월이 그렇게 흘렀는데도 소 떼, 개 떼, 쓰레기 떼는 여전하네. 하긴 사람들이 그랬지. 골목을 막고 있는 소 궁둥이를 손바닥으로 툭툭 쳐 가며 골목을 지나다닐 수 있어야 바라나시에서 좀 살아 봤다 말할 수 있다고. 강, 조심조심 피해서 와."

좁은 골목에 서서 눈을 끔뻑이며 오줌을 갈기고 있는 소 떼문에 걸음을 멈춘 나에게 이모가 말했다. 결국 이모가 손을 휘저어서 쫓은 후, 골목으로 들어갈 수 있었다.

숙소 문 앞에 도착했을 때 매캐한 연기 때문에 기침이 났다. 이모가 머플러로 내 입과 코를 싸매 주며 말했다.

"송장 태우는 냄새야."

바라나시 갠지스 강가에서 시체를 태운다는 것을 알고 왔지만 으스스했다.

"으, 소름. 아무리 그래도 사람을 종이처럼 태우다니!"

"그니까. 나도 소름 돋는다야. 아, 어쨌든 왔네, 바라나시. 늘 생각이 나면서도 생각하고 싶지 않았던 곳. 이 도시에 한번쯤 오고 싶었어. 내 젊은 날과 결별을 위해."

이모가 오묘한 표정을 지으며 웃었다.

"그 남자가 여기로 왔다며? 꼭 만나길 바랄게."

이모에게 진심으로 응원을 보내는데 딸랑딸랑 종소리가 울렸다. 골목을 내다보니 남자 넷이 알록달록한 네모 판을 어깨에 메고 소리치며 지나갔다.

"놀라지 마. 시체를 번인가트로 나르는 거야. 이곳 사람들은 갠지스강을 그들의 신인 시바의 머리카락에서 흘러내리는 신성한 물이라고 생각해. 그래서 시체를 태워 강물에 넣으면 업보가 없어지거나 다음 세상에 태어날 때는 더 좋은 계급으로 태어난다고 믿고 있어. 이들의 오랜 전통과 문화니까 존중하고 인정해야지. 다른 것은 틀린 게 아니니까."

우리 이모, 선생님 해도 잘 했겠다. 집에 있을 때는 덜렁덜렁대다가 동생한테 가끔씩 당하고도 속없이 웃는 언니인 줄 알았는데 차근차근 설명도 잘 한다. 가까이 있으면서 보지 못했던 이모의 새로운 면을 이번 여행에서 많이 보게 되었다. 엄마와 종종 이모의 뒷담화를 한 적이 있는데 조금 미안한 마음이 들었다.

"배고픈데 나가자."

이모가 챙 넓은 모자를 눌러쓰고 나섰다.

갠지스 강가로 내려갔다. 막 깨어난 진회색 강가에 물안개가 뽀얗게 피어올랐다. 아이들은 풍덩풍덩 물장구를 치며 뛰놀았다. 어른들의 풍경은 다양했다. 물속에 서서 두 팔을 들고 있는 사람, 종을 흔들며 중얼중얼 거리는 사람, 온몸에 강물을 바르거나 정성스럽게 강물을 병에 담는 사람. 강기슭에서는 설거지나 빨래를 하는 사람도 있었다. 종교적 성스러움과 당장 살아 내야 할 일상이 엉켜 있었다.

"이 강물에 몸을 씻으면 모든 업보가 사라진대."

이모가 샌들을 신은 채로 강물로 성큼 들어갔다.

"하지 마. 물 엄청 더러워."

"괜찮아, 더러워도 특별하니까."

눈 씻고 찾아봐도 특별한 곳이 없는 그냥, 서울 한강보다 더 작고 지저분한 곳이다. 사람들은 어떻게 이런 곳에 신화를 입혔을까?

"이모, 저기 봐. 연기 나는 곳."

"화장터야. 불꽃이 타오르는 걸 보니 아직도 태우고 있는 것 같은데."

등이 오싹했다. 어떻게 저런 강기슭에서 사람을 태울 수 있을까? 화장터는 온통 메마른 검은빛이다. 저기서 죽은 사람을 태우고, 그 재 위에서 또 사람을 태우고……. 머릿속에서 검게 타들어 가는 살과 뼈들이 뜨겁다고 아우성치는 것 같았다.

"이모, 그만 가자. 무서워."

"괜찮아. 우리가 보기엔 무섭지만, 저들은 행복한 이별 의식을 치르는 중이야. 이담에 더 좋은 무엇으로 환생한다는 소망이 있으니까."

"그걸 어떻게 믿어?"

얼굴을 찡그리며 바라보니 불길이 풀썩풀썩 치솟는 화장터에 몇몇 사람이 서성거리고 있었다. 사람은 참 독하다. 사랑하는 사람이 검게 타서 재가 되는 모습을 어떻게 두 눈 뜨고 옆에서 지켜볼 수가 있을까? 숨이 있을 때 어루만졌던 그 따뜻했던 살결을 저렇게 매정하게 태워 버리다니, 이별이라는 말은 처절함의 다른 표현 같았다.

"우리 바라나시 온 기념으로 꽃불 띄우고 소원 빌까?"

이모가 어린 소녀에게서 디아라고 하는 꽃불을 샀다.

소원? 지금 내 소원은 무엇일까? 두 눈을 감았다. 온통 어둠뿐이다. 방금 전에 본 화장터의 불꽃과 연기, 삶과 죽음에 대한 막연한 두려움이 어둠 속에서 뱅뱅 돌아갔다. 소원은 어둠. 어둠은 검은색, 그 검은색을 바탕으로 어떤 희망이라는 색깔을 입히려는 노력을 소원이라고 부를까? 어쨌든 지금 내 희망의 색깔은 그냥 불안으로 뭉뚱그려진 무채색이다. 이 무채색 위에 덧입힐 희망의 색깔을 찾는 방법은 무엇일까?

강물에 꽃불을 살그머니 내려놓았다. 물결을 따라 두 개의 꽃불이 남실남실 나란히 떠내려갔다. 닮았다. 두 개의 꽃불이.

이모가 말없이 갠지스를 바라보고 서 있었다. 강에서 붉게 떠오른 아침 해가 황금 기둥이 되어 물결 속에서 일렁거렸다. 이모가 살아온 수많은 날 속에 이 강물은 어떤 의미로 저장되어 있을까? 생각나면서도 생각하기 싫었던 곳, 이제는 결별하고 싶은 추억속의 이야기들. 이모는 지금 그 모든 것을 새롭게 다시 쓰고 싶은 것일까?

우리는 숙소에 돌아와 대충 씻고 침대에 누웠다가 점심을 먹으러 나갔다.

"강아, 이모 어디 좀 갔다 올게. 숙소에서 좀 쉬고 있을래? 심심하면 강가에 내려가 봐. 구경거리가 있을 거야."

돌아오는 갈래 길에서 이모가 말했다. 아마도 바라나시로 갔다던 그 남자를 찾으려는 것 같았다. 내가 고개를 끄덕이자 이모가 햇살을 받치던 손을 흔들며 사라졌다. 이모 눈빛이 뭄바이 빈민가 골목을 헤매던 그때처럼 빛났다.

숙소로 돌아와 옥상으로 올라갔다.

"어머, 너 한국에서 왔지?"

어떤 아주머니와 대학생으로 보이는 언니가 나를 반기며 물었다. 오랜만에 동포를 만나니 몹시 반가웠다.

"난 엄마랑 둘이 왔는데 넌, 누구랑 왔어?"

"이모랑."

"이모랑? 엄마는?"

개념 없는 사람들. 이렇게 훅 들어오면 곤란하다. 왜 꼭 전제가 엄마냐고? 그럼 애초에 엄마가 없는 애들은? 짜증이 확 올라와서 고개를 꾸벅하고 방으로 내려와 버렸다.

엄마는? 집에 있어요. 아니 엄마는 있지만 없어요. 그것도 아닌 것 같다. 정확한 답을 하려면 뭐라고 해야 하나? 멍하니 천장을 쳐다보았다. 미스터리, 지금은 모든 게 불투명할 뿐이다.

26

괜한 똥고집으로 휴대폰을 사용 중지해 놓고 온 것이 후회되었다. 집을 떠나올 때까지만 해도 독기가 올라 휴대폰 따윈 필요 없다고 생각했다. 모든 것에서 끊어지고 싶었다. 그런데 날이 갈수록 금단 현상이 나타났다. 이모 눈을 피해 죽어 있는 폰을 몇 번이나 매만졌다. 큭큭, 너희들 휴대폰 없이 살래? 평생 모쏠로 살래? 국어샘이 물었을 때, 모두가 한 목소리로 "모쏠이요" 외쳤었지.

가방 밑바닥에 깔아 두었던 휴대폰을 꺼내어 충전했다.

눈앞에 어른거리는 엄마 얼굴을 지우려 하림이를 생각했다.

어쩜 계집애, 내가 방학도 되기 전에 체험학습을 신청하고 인도에 간다고 했을 때도 "좋겠다, 학원 안 가도 되고. 난 방학 특강 빡세게 들어야 하는데" 입을 삐죽거렸다. 교문을 나와서 헤어질 때 잘 댕겨 오슈, 하고 안아 주고 웃어 주긴 했지. 야, 이하림, 이게 웃을 일이냐고? 베프라고 떠벌리지나 말던지.

휴대폰을 열었다.

푸른색 네모 액정이 뻥 뚫려 있다. 엄마와의 첫 화면 사진은 지워 버린 지 오래다. 갤러리를 노려보았다.

안 돼!

한번만?

안 돼!

딱 한번만 봐도 되잖아.

결국 집게손가락이 이겼다.

엄마다. 엄마와 이모다. 엄마와 이모와 나, 한강이다.

우리가 함께했던 수많은 순간이 사진 속에서 웃고 있었다.

사랑했고 사랑받았던 시간이 날짜별로 뭉쳐 있는 것을 보니 가슴이 싸르르, 아파 왔다. 휴대폰을 충전기에서 뽑아 가방에 다시 집어넣고 강가로 나갔다.

한강, 참 유치하고 비겁하다. 생각지 않는다고 마법사가 짠,

나타나 내 출생 스토리와 그 스토리 이후의 대책을 말해 줄 것
도 아니고. 냉정하게 생각해 보자. 무엇이 문제이지?

그래, 엄마나 이모가 내 근원을 이야기해 준다고 쳐.

그러고 나선 뭘 어떻게 할 건데.

이때껏 키워 주셔서 감사합니다. 안녕히 계세요, 하고 끝낼
거야?

어디서 어떻게 살 건데?

현실적으로 혼자 살아간다는 게 가능해?

그리고

엄마는 나를 사랑한다잖아.

이모도 나를 사랑하고.

아무것도 변한 게 없다는데…….


강둑에 이르니 번인가트에서 불길과 연기가 피어올랐다. 누
군가의 시체를 태우고 있는 모양이었다. 만약에 저게 나라면?
엄마라면? 생각만 해도 온몸이 진저리가 쳐졌다. 안 된다. 나
는 죽어도 어쩔 수 없지만 엄마가 죽으면 안 된다. 난 그러면
살아갈 수가 없다.

나에겐 엄마밖에 없다.

…… 엄마도 그렇게 생각할까?

당연하지.

뭐가 당연해?

두 마음이 싸운다. 갠지스와 한강이 싸운다. 대책 없이 갠지스가 흐르고 한강도 흘러간다. 어떻게 해야 하나? 번인가트의 불길이 더 붉고 맹렬하게 타오른다. 한 사람의 인생이 재와 연기로 사라진다. 당연한 것도, 당연하지 않은 것도 언젠가는 저렇게 사라지겠지!

관광객을 실은 배들이 어지럽게 강물 위를 떠다녔다. 나도 배를 탔다. 배는 갠지스를 가로질러 이편에서 저편으로 건너갔다 돌아왔다. 번인가트가 잘 보이는 곳에서 배가 한참 동안 머물렀다. 사람들이 불길을 둘러싸고 모여 서 있다. 저들은 사랑하는 사람의 마지막을 지켜보면서 어떤 생각을 할까? 이 세상에서 다시 볼 수 없는 얼굴, 그 얼굴과 보냈던 시간을 마음에 새기고 있을까? 마음에 새겨진 무늬들은 어떤 모양일까?

강가를 헤매는 동안, 하늘 한쪽이 기울고 물에 잠겼던 태양기둥도 사라졌다. 가트 계단에 사람들이 모여들어 그윽한 눈빛으로 일몰을 감상하거나 손을 들거나 모으고 기도했다.

가트 주변에 하나둘 불이 켜지기 시작했다. 불빛이 강물에 비치면서 힌두교 제사인 아르띠 뿌자가 시작되고 있었다. 강물의 불빛과 점점이 떠 있는 작은 배들, 흰색과 금색의 옷을 입은 꽃미남 브라만들. 악기 연주 소리, 번인가트에서 피어오르는 흰 연기, 점점이 강물에 떠 있는 꽃불, 뿌자를 보기 위해 모여든 사람들, 뭔가 딴 세상에 와 있는 것 같아서 어리둥절했다.

북새통인 가트 한쪽에 서서 사방을 둘러보는데 건너편 맨앞 귀퉁이에 이모가 지친 표정으로 앉아 있었다. 나를 내버려두고 혼자 처연하게 앉아 있는 것을 보니 화가 났다. 당장 따지러 가고 싶지만 사람들 무리를 뚫을 수가 없었다. 브라만이 흔드는 종과 경전을 외우는 목소리가 점점 열기를 더해 갔고 갠지스 강의 꽃불은 검은 천에 수를 놓은 듯 아름답게 맴돌았다.

뿌자가 끝나갈 무렵 이모가 보이지 않았다. 깜짝 놀라 흩어지는 사람들을 헤치고 이모가 앉았던 자리에 이르렀다. 이모는 온데간데없었다. 어쩔 수 없이 강둑을 따라 번인가트 쪽으로 발길을 옮겼다. 불길이 더 거세어졌다. 오늘 밤에도 수많은 시체가 불태워져서 바라나시 강물에 떠내려 갈 것이다. 날마다 태워지는 시체들, 누군가를 사랑했고 사랑받던 사람들이 삶과 죽음의 경계선에 마주 보고 서 있는 것 같아서 눈앞이 아득해지면서 뭔가 울고도 싶고, 웃고도 싶었다.

그때였다. 불빛에 비친 강둑에 이모의 실루엣이 설핏 나타났다. 나는 살금살금 가까이 다가갔다. 이모가 맞다. 어두운 강둑에서 왜 저렇게 넋을 놓고 앉아 있지?

"한강, 흑……. 한강, 이 나쁜 인간아."

헉, 내 이름이다. 그 자리에 우뚝 멈췄다. 이모가 강물을 바라보며 울먹이듯 중얼거렸다. 왜 내 이름을? 나쁜 인간! 가슴이 쿵쾅거렸다. 급히 발길을 돌렸다. 내가 뭘 어떻게 했다고? 어젯밤에도 밤새도록 덜컹대는 기차에 태우고 이곳까지 데려와서는 오후 내내 코빼기도 안 보이더니.

치받치는 속을 억누르며 숙소로 돌아와 이불을 뒤집어쓰고 누웠다. 혼자서 속 끓이지 말고 속 시원하게 이야기해 보라지. 내가 겁낼 줄 알고. 아니다, 이모 혼자서 한 말을 가지고 따지면 서로 민망할 거다. 어쨌든 여행이 끝날 때까지 이모는 내 보호자다. 어차피 엿들은 말인데 그냥 모른 척 넘어가자.


27


햇살이 환하게 창문으로 들어왔다. 어젯밤엔 이모가 들어오는 것을 알았지만 모른 척했다.

"미안해, 한강. 이모가 늦었어."

혼잣말처럼 중얼거리며 살그머니 내 옆에 눕는 것을 보고 잠이 들었는데 벌써 아침이다. 언제 일어났는지 이모가 화장을 하고 있었다.

"일어났니? 어젠 정말 미안했어."

"뭐야, 나 혼자 두고."

"그러니까 말이야. 괜히 감정에 빠져서는……. 미안해! 정말 미안하고 또 미안해."

목소리가 밝다. 그런데 눈이 퉁퉁 부어 있다.

"울었어? 괜찮아?"

"응, 괜찮아. 큭큭, 안 괜찮아도 돼."

이모가 눈두덩을 문지르며 계면쩍어했다.

"뭐가 안 괜찮아도 돼?"

내가 쌜쭉하자 이모가 화장품을 한쪽으로 밀어 놓으며 생뚱맞은 답을 늘어놓았다.

"이런 게 다 사랑을 확인하는 일인 것 같아서. 어제 혼자서 헤매며 생각해 보니 이제 앞으로는 더 많이 사랑하며 살아야 겠구나, 하는 생각이 들었어. 한수지의 생은 한수지의 역사인데 그 역사에 사랑의 기록을 더 많이 남기고 싶어. 다행히도 한 인간이 역사를 만들어 갈 때 단번에, 한꺼번에 딱 만들어 내는 게 아니고 날마다 조금씩 만들어 갈 수 있어서 좋아. 사랑도 마찬가지야. 날마다 조금씩 만들어 갈 수 있어서 참 좋아. 천천히 확인도 하면서."

"진짜, 그 촌스러운 사랑이란 말 좀 빼면 안 돼?"

"왜, 좋잖아. 요즘 촌스런 복고가 유행인데. 이모는 이곳에 오기 전에 여러 가지로 두려운 게 많았어. 그런데 막상 이렇게 부딪혀 보니 두려움도 많이 사라지고 용기도 생겼어."

이모가 싱긋 웃었다.

"이모?"

"왜?"

"나 데리고 다니는 거, 힘들지?"

내가 목소리를 깔자 이모가 눈을 크게 떴다.

"무슨 소리야?"

"아니, 어젯밤 이모가 잠꼬대로 한강을 부르기에."

이모 속을 떠보려고 슬쩍 꾸며 댔다.

"내가 한강을 불러? 기억 안 나는데. 너 때문에 힘든 것도 없고 후회한 적도 없어. 도리어 내가 고맙지."

"나쁘다고 했잖아."

"우리 강이 왜 나빠, 이렇게 예쁜 아가씨가."

이모가 내 머리를 끌어안고 턱으로 비벼 댔다. 대체 본심이 뭐야? 좀, 정직하게 살면 안 돼? 쏘아붙이고 싶었지만 이 아침의 평화를 깨고 싶지는 않았다.


한국인 부인과 결혼한 인도 남자가 하는 한식집에 아침을 먹으러 갔다. 쌀밥에 카레, 김치, 계란국이 나왔다. 얼마 만에 먹어 보는 음식인지, 둘 다 폭풍 흡입을 했다. 이모는 마지막 남은 계란국 국물까지 깔끔하게 마셨다.

"우리 여기 오기 전에 수정이가 그러더라. 이번 여행에서 강이 너에게 생각할 시간을 많이 주라고. 생각하면 또 이 바라나시잖아. 인생에 대해서, 삶과 죽음에 대해서 도 닦는 도시. 강이 네 엄마 말대로 생각할 시간 많이 줄 테니까 바라나시에서 도통하길 바라."

이모가 입가를 꾹꾹 눌러 닦으며 눈을 찡끗했다.

"도통하긴, 더러워 죽겠구만."

"야아, 깨끗함과 더러움 그거 별거 아니야, 삶은 더러움, 죽음은 깨끗함. 살아 있는 사람은 다 더러워. 끊임없이 먹고 배출

하잖아. 죽은 사람은 깨끗이 사라지니까 더 이상 더럽힐 일이 없고. 바라나시 골목길이나 갠지스 강가의 쓰레기, 다 살아 있는 사람들이 배출한 거야."

"그럼 모두 죽어야겠네."

"그렇지. 지구에 한 백 년 정도만 인간이 사라져도 어느 정도 자연이 재생될걸. 어, 왜 이야기가 옆길로 샜지. 어쨌든 생각 많이 해. 넌 두뇌형 인간이잖아. 냉정하고 이성적인. 어릴 때부터 무슨 문제가 있으면 혼자 끙끙대며 해결했잖아."

"그건 '몰라 엄마' 땜에 그랬지."

"흐, 그렇기도 하겠다."

몰라 엄마. 내가 초등학교 때 부르던 엄마 별명이다. 몰라, 네가 알아서 해. 몰라 네가 찾아 봐. 피이, 엄마는 도대체 아는 게 뭐야? 몰라. 히히……. 그렇게 내가 다 알아서 하라더니, 시험도 알아서 하라고 해야지, 왜 악착같이 내 성적에는 목매는데.

"넌 어릴 때부터 고집이 대단했어. 무슨 어린애가 한번 고집을 피우면 이길 수 없었다니까. 수정이도 가끔 네 속에 멀쩡한 어른이 들어 있는 것 같아서 무섭다고 했어."

"다 엄마 교육의 결과겠지."

"어쨌거나 그 교육 방법이 괜찮은 것 같아. 넌 다른 아이들과는 달리 생각을 많이 하잖아. 생각하고 판단하고 결정하고. 한 수정, 한강. 그렇게 친하다가도 서로 배짱이 안 맞으면 완전 얼음짱이 되어 입 닫는 것을 보면 둘 다 대단해. 그렇게 싸하게 지내다가도 어느 순간 보면 또 세상에 둘도 없는 모녀 사이고.”

“어쩔 수 없잖아. 생존을 위해선.”

내 말에 이모가 큭큭 웃었다.

식당에서 나와서 유명한 디저트 카페인 바바라씨에 갔다. 화사한 보라색 요구르트에 붉은 베리와 치즈를 잔뜩 올린 새콤달콤한 블루베리 라씨는 기가 막혔다. 시장에 들러 레이스가 달린 얇고 헐렁헐렁한 펀자비도 한 벌씩 사서 입었다. 택시로 사르나트 유적지에 다녀와서 향이 좋은 마사지 숍에서 마사지를 받았다.

“여행은 이렇게 슬로우, 슬로우 힐링이어야 하는데 말이야. 어젠 정말 미안했어!”

생기를 되찾은 이모 얼굴이 반지르르했다.

“그런데 또 미안. 이모는 내일도 좀 돌아다녀야 할 것 같아. 어쩌지?”

“이 낯선 곳에 미성년자를 혼자 두고, 겁나지 않아?”

“그러네. 같이 다닐래?”

"됐어. 걱정하지 마. 난 멀리 안 가. 기껏 이 주위에서 돌아다 닐 뿐이니까."

하지만 나빴다. 이런 힐링 타임이 계속되면 좋은데.


다음 날도 이모는 운동화 끈을 졸라매고 나갔다. 이모가 나 간 후, 뒹굴뒹굴 하다가 휴대폰을 꺼냈다. 갤러리를 열었다. 카 페에서 달달한 민트 초코칩 블랜디드를 놓고 웃던 사진, 마라 탕 먹으면서 찍었던 사진, 개천을 걸으면서 연산홍 속에서 활 짝 웃고 있는 얼굴. 흐흐, 사해머드 팩으로 시커먼스가 된 두 얼굴이 나란히 누워 있다. 검은 팩으로 덮어 놓으니 어쩜 얼굴 사이즈가 이렇게 똑같을까?

우리 많이 닮지 않았나? 눈 코 입. 피이, 닮을 이유가 없잖아. 유전자가 섞이지 않았는데.

날 낳아서 버린 인간들은 대체 어떻게 생겨 먹었을까? 뉴스 에 나오는 그런 날라리들일까? 아님, 어쩌다 사고 친 범생이 들? 인간들아, 키울 수 없으면 차라리 보육원에 갖다 버리든지 먼 나라로 입양을 시키든지, 왜 하필 한수정이냐고.

다시 돌아가면 예전처럼 이렇게 같이 사진을 찍을 수 있을 까? 지금 뭘 하고 있을까? 혼자서 밥은 잘 먹고 있는지? 치이,

내가 이런 걱정하는 줄 알면 또 한소리 하겠지.

"한강 네가 내 딸이냐? 내가 네 딸이냐?"

난 그럴 때마다 이렇게 대답했지.

"그것도 몰라. 지금은 엄마가 네 엄마지만 나중엔 내가 엄마를 보호해야 하니까 내가 엄마가 될 수도 있지. 엄마가 호호 할머니가 되면."

"아이고, 우리 딸 효녀네."

엄마는 함박웃음을 지으며 좋아했는데. 작은 풀꽃을 좋아하고 김치와 카레, 닭볶음과 잡채를 잘 만들고, 내가 맛있다고 웃어 주면 허리를 흔들며 춤을 추었지. 춤? 내가 엄마를 닮아서 춤을 잘 추나? 엄마를 닮아서…….


28


한강, 대견하다.

이모와 공생 관계 유지를 위해 무지 노력 중이다. 날 이렇게 내버려 두고 다니면 벌써 한바탕 난리를 피웠을 텐데 잘 참는다. 이모도 이런 내 마음을 아는지 아침부터 목소리가 밝다.

"강, 오늘 우리 시장 가자. 선물도 좀 사고."

문을 열고 나오니 매캐한 냄새가 밤새 갠지스 강의 애도를 전했다. 엊그제 펀자비를 샀던 시장으로 갔다. 길다란 골목으로 이어진 시장에는 가게마다 색색의 사리와 팔찌, 반지 등의 액세서리가 즐비하게 널려 있었다. 이모가 구슬 팔찌를 여러 개 사서 내 팔에 걸어 주고 반지도 사 주었다.

"네 엄마 것도 골라 봐."

난 엄마가 좋아하는 노랑 구슬 팔찌를 골랐다. 이모도 울긋불긋한 것을 주렁주렁 몇 개나 샀다.

"사리도 한 벌씩 사자."

이모가 벽에 걸린 사리를 쭉 둘러보았다. 사리 가게는 꼭 우리나라 남대문 한복집들 같았다. 줄줄이 내걸린 옷이 주광색 전구 빛을 받아 아름답게 빛났다. 이모는 여러 벌을 골라 놓고 이것저것 입어 보고는 짙푸른 청색에 금박이 수놓인 사리를 골랐다. 속에 받쳐 입는 티셔츠와 사리 안에 입는 속바지는 흰색이었다. 가게 주인이 연신 굿 초이스를 외치며 벙글벙글 웃었다.

"어때, 잘 어울리지. 사리는 키가 좀 큰 사람이 입어야 폼이 날 것 같지?"

이모 말이 귀에 거슬렸다.

"키 작은 엄마가 입어도 예뻐."

내가 톡, 쏘자 이모가 들었던 옷을 스르르 내려놓으며 야속한 눈빛으로 말했다.

"맞아, 우리 수정이 옷맵시가 좀 있지."

얼버무리며 돌아서는 이모 낯빛이 좋지 않았다.

"왜, 안 사?"

"다음에."

왜 갑자기? 내가 당황하는 사이, 이모는 곧장 시장 통을 나와 쌩하니 앞서 걸었다. 나는 영문을 몰라 어리둥절하며 따라갔다. 이모가 강둑에 앉더니 손수건을 꺼내서 눈가를 닦았다.

"언제나 그랬어. 난 수정이 때문에 언제나 이랬다고!"

"갑자기 엄마가 왜?"

"늘 수정이 땜에 뭐 하나 내 것이라고 마음 놓고 사지 못 했어. 난 예쁜 리본이 달린 치마를 입고 싶었는데 엄마는 안 된다고 했어. 수정이는 그런 옷, 싫어한다고. 내가 입고 싶은 옷, 신고 싶은 신발 하나까지도 다 동생한테 맞췄어. 난 언니지만 언제나 수정이 땜에 찬밥 신세였거든. 이제 어른이 되었어도 내 맘대로 할 수 있는 게 없어. 뭘 해도 수정이가 먼저 생각나니까. 그러지 않으면 마치 죄를 짓는 것 같아서."

갑작스런 말에 어리벙벙, 할 말을 잃었다.

"친구들과 뛰어놀다 수정이 무릎이 조금 까져도 엄마는 사정없이 나를 혼냈어. 왜 동생을 잘 돌보지 못했냐고. 나는 엎어져 피가 나도 괜찮다고 소리나 쳤지 놀라지 않았어. 뭐든 우리 수정이, 우리 수정이. 난 수정이가 불쌍하다가도 엄마 아빠를 생각하면 동생이 미웠어. 그래서 수정이가 없어졌으면 좋겠다는 생각도 했고, 그게 또 죄스러워서 자책하고."

어린 한수지가 아픈 동생 때문에 많이 힘들었구나!

"난, 수정이 그림자였어. 엄마 아빠 사랑을 독차지 하는 수정이가 늘 부러웠고, 그런 내 모습이 초라해서 슬펐어. 내 인생은 어쩌면 내 동생 때문에 꼬였는지도 몰라. 아니야, 내가 이러면 벌 받지. 내가 미쳤나 봐."

이모가 아이처럼 엉엉 울었다. 나는 이모 옆으로 다가가 어린 한수지의 슬픔을 보듬듯 이모 어깨를 안고 가만가만 토닥였다. 이모가 상처 입은 한 마리 고양이처럼 설움을 참느라 꺽꺽댔다. 커다란 눈으로 서글서글하고 밝게 웃으며 무한 긍정 속에 즐겁게 살아가고 있는 것 같았던 이모에게도 이런 상처가 있었다니. 이모를 위로할 적당한 말은 생각나지 않지만 얼마나 슬픔이 쌓였을지 가늠할 수 있었다. 한참을 그렇게 울던 이모가 손가락으로 머리를 빗어 올리며 혼잣말을 했다.

"이래저래 이 바라나시는 나를 힘들게 하네!"

이모, 이젠 참지 마. 동생이라도 할 말은 하고 살아. 이모가 언니잖아. 목구멍까지 올라온 말을 바보같이 꿀꺽 삼키며 번 인가트 쪽을 가리켰다.

"이모, 저쪽 봐. 오늘도 많은 사람들이 불 속에서 사라질 거야. 불쌍해. 살아가는 모든 게 다."

난 조금밖에 안 살아봤지만 어차피 삶이란 누군가에게 상처를 주고, 또 누군가에게 상처를 받으면서도 어쩔 수 없이 또 사랑하고 사랑받으면서 살아가는 것 같아. 이모 힘내! 나도 엄마도 이모 많이 사랑해. 속으로만 말했지만 이건 지금 이 순간, 내 진심이었다. 우리는 나란히 앉아서 잘게 부서지는 빛줄기를 조용히 바라보았다.

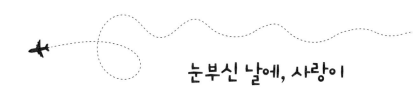

# 눈부신 날에, 사랑이

29

우린 이곳에서 왜 이러고 있지? 이모는 땡볕 아래에서 사람을 찾아 헤매고, 나는 우중충하게 추억을 뒤지며 낙심과 절망을 반복하고 있다.

"또 나가?"

"응, 할 수 있는 데까진 해 봐야지. 강, 미안해."

참 신기하다. 파김치가 되어서 돌아왔다가도 나갈 땐 눈빛이 빛났다. 저 모습이 이모가 말한 사랑으로 역사를 만들어 가는 과정인가?

이모가 나간 후 나는 제법 익숙해진 골목을 빠져나와 강가로 나갔다. 가트 계단을 내려가다가 정말 재미있는 수행자를 만났다. 머리를 풀어헤쳐서 햇빛에 말리는데 태어나서 한 번도 안 잘랐는지 2미터가 넘는 것 같았다. 몇몇 사람이 신기하다는 듯 구경했다. 저 사람은 어떤 신념으로 머리를 저렇게 기를까? 저렇게 하면 신과 가까워질까? 한참 후에 수행자는 머리카락을 둘둘 말아서 긴 천으로 감아올렸는데 그 높이가 엄청났다. 평생 머리에 짓눌러 살아가야 하는 수행자. 그 고통도 만만치 않을 것 같았다.

하림이가 생각난다. 유난히 개그 센스가 뛰어난 하림이도 부모님이 이혼하고 아빠랑 할머니랑 산다고, 엄마가 보고 싶다고 독서실 책상에 엎드려 울었다. 난 알량한 자존심 때문에 하림이에게 얘기도 못하고 혼자 독서실 책상에 엎드려 울었다. 다들 겉으론 멀쩡하게 보이지만 까뒤집어 보면 저 수행자처럼 짓눌리는 문제 하나씩은 얹고 살아갈 수도 있겠다는 생각에 가슴이 먹먹해졌다.

수행자가 떠나고 하릴없이 가트에 앉아서 가이드북을 뒤적이다가 일어서는데, 악기 소리가 들렸다. 소리를 찾아 기웃거리며 올라가니 골목 두 번째 집이었다. 발길을 멈추고 열린 유리문 안을 들여다보았다. 문 앞에 있던 푸른 사리를 입은 여자가 들어오라고 손짓했다.

그곳은 실내 공연장이었다. 구경꾼 여럿이 둘러앉아 있고 얼굴이 갸름한 여자가 중간에서 인도의 전통 춤을 추고 있었다. 시타르와 반수리, 타블라, 비나의 연주에 맞춘 춤사위는 차분하고 아름다웠다. 무용수의 짙은 화장, 미간에 찍은 붉은 빈디, 그리고 붉게 물들인 손가락 끝마디가 특이하게 보였다. 갑자기 나도 저 무대로 뛰어가서 춤추고 싶다는 생각이 들었다.

얼마 지나지 않아 무용수의 춤이 끝나고 구경꾼들이 일어났다. 무용수를 따라 춤을 배우는 시간인 것 같았다. 나도 옆에 있던 사람이 이끄는 대로 일어나서 동작을 따라했다. 어설프게 따라한 동작이었는데 무용수가 나를 보고 박수를 치며 가까이 다가왔다.

"차이니스?"

"노, 코리언."

"오, 케이팝!"

무용수가 오른손을 높이 들며 소리치더니 내게 춤을 춰 보라는 제스처를 했다. 사람들이 박수를 보내며 시선을 모았다. 세 명의 악사가 눈짓하며 빠른 리듬으로 연주했다.

나는 마지못해 한 가운데로 나가 춤을 추기 시작했다. 인도

춤과 비슷한 살사 댄스로 리듬을 탔다. 하, 이 낯선 나라, 낯선 어른들 앞에서 내가 춤을 추다니! 춤은 몸으로 말하는 공통의 언어라고 하던 원장 선생님의 말이 맞는 것 같았다. 사람들도 손뼉을 치며 몸을 흔들었다. 리듬이 빨라지자 얼마 전까지 배웠던 살사와 스윙댄스를 연결해서 싱글을 만들었다. 사람들이 손뼉으로 내 빠른 스텝에 흥을 더했다. 나를 따라 춤추던 사람들이 어느새 내 춤을 구경하며 즐거워했다.

음악이 멈추고 이마에 흐르는 땀을 닦으며 물러났다. 모두들 환호하며 뜨겁게 박수를 보냈다. 춤출 수 있어서 기뻤다. 춤을 추고 나니 가라앉았던 기분이 좋아지고 뭔가를 씻어 낸 듯 상쾌했다. 무용수가 내 이름과 숙소를 물었다.

"마하라자라."

숙소 이름을 알려 주었더니 내일 또 놀러오라고 했다. 나는 사람들의 환대 속에 기분 좋은 웃음을 날리며 밖으로 나왔다.


해질녘에 이모가 들어왔다. 지친 눈빛을 보니 남자를 찾지 못한 것 같았다. 이모는 샤워를 한 후, 큰 대자로 누웠다.

"이모가 찾아다니는 그 남자 말이야. 정말 이곳에 있을까?"

"글쎄, 이곳에 있으면 좋겠다."

이모의 지친 목소리가 축축했다.

"내가 언젠가 만나게 된다면 혼내 줄 거야. 울 이모를 이렇게 힘들게 하고. 참, 그 남자 이름이 뭐야? 이름을 알아야 나중에라도 찾을 수 있잖아."

내 말이 끝나자 이모가 두 손을 올려 내 얼굴을 감싸고 지그시 바라보았다. 입술을 열려다가 멈칫멈칫, 침을 꼴깍 삼키고 숨을 한 번 후우, 내뱉고는 이내 결심한 듯 또박또박 말했다.

"한, 강."

"그 남자 이름이 뭐냐고?"

"한, 강.

"아니 내 이름 말고, 그 남자 이름."

"한강?"

"뭐, 한강. 그 남자 이름이 한강이라고?

이모가 고개를 끄덕였다. 심장이 뚝 멈췄다. 한강? 어젯밤, 강가에서 이모가 부르던 그 이름?

"맞아. 너하고 이름이 같아. 한강."

너무 놀라 숨이 뚝 멈추었다.

"말도 안 돼……. 어떻게 그 남자 이름이 한강이야? …… 어, 엄마도 알아?"

숨이 차올라서 말이 제대로 나오지 않았다.

"응, 내가 수정이한테 부탁했어."

"왜, 왜 하필 그 남자 이름이야? 엄마는 왜?"

내가 다그치자 이모가 고개를 떨구며 말했다.

"그땐, 그 이름이 좋았어. 미안해, 그리고 그 이름을 다시 이렇게 부르게 될 줄 몰랐어. 그때는."

"진짜, 웃긴다. 완전 이기적이야, 어떻게 떠난 남자 이름을 나한테 붙일 수 있어? 이건 정말 파렴치한 짓이야."

"수정이도 처음엔 안 된다고 했어. 내가 하도 조르니까 어쩔 수 없이 허락했어."

"어떻게 둘이서 그런 유치한 작당을 할 수 있어. 진짜, 이건 아니다. 정말 기분 나빠. 도대체 나한테 그 남자 이름을 붙인 의도가 뭐야?"

"의도 같은 건 없어. 그냥 내가 사랑했던 남자여서, 그리고 한강이라는 이름이 예뻐서."

기가 막혔다. 생각할수록 불쾌했다. 무슨, 부모 이름을 물려받는 서양도 아닌데. 그리고 내 아빠도 아닌데 왜 내가 같은 이름을 써야 하냐고?

내 아빠?

말도 안 되는 소리다. 그럼 한수지가 내 엄마지 왜 한수정이 내 엄마냐고? 그래, 그냥 출처도 없는 아이였으니 아무 이름이나 갖다 붙였겠지. 참 저렴하다. 한강이라는 이름. 화가 나서 밖으로 나왔다. 좁은 골목에 검은 하늘이 바짝 내려와 앉아서 숨이 막혔다.


## 30


한강, 그 남자를 똑똑히 보고 싶었다.

그래서 오늘은 이모를 따라나섰다. 이모와 그 남자가 드라마 속 주인공처럼 극적으로 만날 수 있을지도 모른다는 상상을 하면서. 택시를 타고 빈민가에 내린 이모가 수첩을 꺼내 들고 휑하니 골목으로 들어갔다. 나는 잰걸음으로 쫓았다. 이모가 골목 안 가게 앞에서 잠시 머뭇거리더니 가게로 들어갔다.

"두유 노 힘? 히즈 네임 이즈 한강."

이모는 우두커니 서 있는 주인에게 사진 한 장을 내밀었다.

주인이 사진을 보면서 고개를 저었다. 이모가 한숨을 푹 쉬며 밖으로 나왔다.

"이모, 그 남자 사진이지? 나도 한 번 보자."

이모가 손에 들었던 사진을 건네주었다. 여권 사진보다 조금 더 큰, 손바닥 반만 한 사진이었는데 어디서 본 듯한 얼굴이었다.

"잘 생기긴 했네. 드라마 남자 주인공처럼."

사진을 돌려주자 이모가 나를 물끄러미 바라보더니 초조한 눈빛으로 다음 가게를 향했다. 가게에 들어가서 물어보고, 고개를 저으면 나오고. 소 떼와 개 떼의 위협을 무릅쓰며 행군은 계속되었다. 나도 골목을 지나가는 사람을 붙잡고 물었다. 아이들은 신기한 듯 우리 뒤를 따라다녔고, 어른들은 막무가내로 휴대폰을 들이대고 사진을 찍었다. 초상권 침해가 뭔지도 모르는 것 같아서 화가 났지만 괜한 시비가 붙을까 봐 참았다.

해가 기울도록 헤매고 다녔지만 그 남자에 대해서 아는 사람이 없었다. 집으로 돌아오려는데 한국을 잘 안다는 사람이 있다고 해서 찾아갔다. 갠지스강에서 보트 사업을 하는 남자라고 하는데 한국말을 잘했다.

"오래 전 사람을 어떻게 찾아요. 바라나시 많이 변했어요. 보트나 타고 가요. 잘 해 드릴게요."

남자가 실실 웃으며 명함을 내밀었다. 하루 종일 헤매다가 명함 한 장 달랑 받아서 숙소에 돌아오니 둘 다 번아웃. 저녁 먹을 힘도 없었다.

"이제 비행기 탈 날이 이틀 남았어. 이틀 동안 찾지 못하면 어떡하지. 진짜 어디에 박혀 있는 거야."

이모가 주먹으로 아픈 발바닥을 탁탁 치며 성마른 한숨을 내쉬었다.

"꼭 찾아야 해?"

"응, 찾아야 해."

저 고집, 정말 못 말리겠다.

"마지막으로 편지를 받은 게 언제라고?"

"십오륙 년 전."

"십오륙 년 전?"

이름이 한강, 십오륙 년 전. 어디서 본 듯한, 뭔가 이 요상한 느낌적인 느낌은? 어쨌거나 편지 한 장 때문에 뭄바이와 바라나시를 홀랑 뒤지고 다니는 게 말이 되냐고. 그 절절한 사연이 무엇인지 캐묻고 싶었지만 피곤해서 죽을 것 같으니까 오늘은 끝.


아침부터 이모가 안절부절못했다.

"이모, 제발. 오늘은 좀 쉬자."

"어제 꿈에서 만났어……. 꼭 만날 것 같은 예감이 들어. 오늘 딱 하루만 더 찾아보고 싶어."

"아, 몰라. 힘들어 죽을 것 같아. 이모 혼자 갔다 와."

이모와 같이 이른 아침을 먹고 헤어졌다. 머리칼을 쓸어 올리며 골목을 나가는 이모의 하얀 손등이 쓸쓸해 보였다. 오늘도 낯선 골목, 골목을 측은하게 헤매고 다니겠지.

갠지스 강가로 나갔다. 죽은 자는 흘러가고 살아 있는 자들은 분주하게 아침을 열고 있는 강가, 번인가트에서 여전히 연기가 피어올랐다. 죽음, 난 죽기 전에 뭘 해야 하지? 한수정, 엄마……. 내 물음표 앞에 먼저 떠오르는 것은 엄마다. 어렴풋하던 정답이 점점 선명해지는 것 같다. 그래, 엄마한테 가야 한다. 엄마가 나를 어떻게 받아들이고, 내가 엄마를 어떻게 받아들여야 할지 아직은 알 수 없지만 정직하게 내 마음으로부터의 정답을 찾아내고 말 거다.

점심을 먹고 시장에 갔다. 이모와 왔던 곳이다. 아침에 이모가 준 돈과 내 돈을 합쳐서 사리 세 벌을 샀다. 집에 가면 다 같이 입고 사진을 찍어야겠다. 인도에 대한 추억을 간직하기 위해서. 나, 엄마, 이모가 함께 사진을 찍을 수 있을까……?

시장통을 나오다가 다시 돌아가 정시우에게 줄 지혜와 행운의 신, 가네샤 그림이 그려져 있는 얇은 수건도 한 장 샀다. 수건을 주면 시우가 씨익 웃어 주면 좋겠다. 시우를 생각하면 물파스를 바른 것처럼 마음이 환해진다. 짝사랑, 아니 풋사랑도 이런데 이모가 사랑했고 이모를 사랑했던 찐사랑의 남자라면 정말 잊을 수 없을 것 같다. 사랑했던 남자를 찾아다니는 이모 마음. 조금은 알 것도 같다.

숙소로 곧장 가려다가 발길을 돌려서 어제 춤추던 곳으로 갔다. 문밖에서 비질을 하던 여자가 반갑게 맞아 주었다. 어제 같이 춤추던 푸른 사리의 여자였다. 여자가 오늘은 공연이 없다며 웃었다. 그냥 돌아서기 아쉬워 열려 있는 무대를 기웃거렸다. 여자가 내 마음을 읽었는지 빗자루를 놓고 내 손을 잡았다. 나는 여자를 따라 무대로 걸어가며 말했다.

"엄마 옷을 샀어요. 그래서 오늘은 신나게 춤추고 싶어요."

여자가 알아들을 수 없는 한국말에 어깨를 으쓱 하며 웃더니 휴대폰을 꺼냈다. 하아, 케이팝 4인조 그룹 루크의 '런, 런'이다.

"아일 라이크 디스 송!"

여자가 볼륨을 한껏 높였다.

과격하지 않은 셔플댄스에 맞춰 보기로 하고 가볍게 몸을 움직이기 시작했다. 노래와 춤을 처음 맞춰 보는 곡이라 어색

했지만 부드럽게 연결해 나갔다. 내가 발을 가볍게 밟으며 팔을 들어 올리자 여자가 내 옆에서 따라 하며 즐거워했다. 첫 번째 곡이 끝나자 우리는 아이처럼 깔깔대며 손뼉을 마주쳤다.

이번엔 루크의 '해피 어게인'이었다. 무게감이 느껴지는 베이스 사운드와 리드미컬한 레게의 조합에 맞춰 라틴 댄스 스텝을 밟았다. 여자도 라틴 댄스를 출 줄 알았다. 스텝이나 팔의 움직임이 유연하고 아름다웠다. 춤추는 여자의 웃는 눈빛이 매력적으로 빛났다. 춤과 춤의 어울림. 처음 맞춰 보는데도 발이 착착 맞았다. 몸의 언어로 기쁨을 발산하며 서로를 향해 우정의 눈길과 웃음을 보낼 수 있다는 게 행복했다. 여자와 함께 오랫동안 그렇게 춤을 추었다. 가만히 생각해 보니 춤을 추면 가슴이 싸르르 싸르르 아프던 게, 역겨움에 구토가 나던 증상이 좀 가시는 것 같았다. 앞으로도 이런 기분으로 춤추며 살아가면 좋겠다. 춤이 끝나고 여자는 축복의 의미로 내 손목에 작은 구슬 팔찌를 매어 주었다.

"나마스테!"

"나마스테지!"

우리는 서로 안아 주며 환한 웃음으로 작별했다.

## 31

"일찍 왔네. 찾았어?"

"응."

내가 방으로 들어가며 묻자, 이모가 힘없이 누운 채로 대답했다.

"정말? 요상하네. 어떻게 뭄바이에서도 바라나시에도 마지막 날에 찾게 되는 거야?"

"그니까, 운명의 장난 같기도 해. 그런데 그 남자, 오래 전에 캘커타로 떠났대. 그곳에서도 빈민촌 아이들과 함께 있을 거라고 했다는데."

"오, 그 남자 괜찮네. 이모, 켈커타로 갈 거야?"

"켈커타는 넘 멀어. 그러려면 비행기 표도 취소하고 다시 끊어야 하고. 가게도 남한테 넘 오래 맡겨 두면 안 될 것 같아."

"그래, 이모. 이때껏 그 남자 없이도 씩씩하게 잘 살았잖아. 이제 잊어버려. 그리고 뭐, 정 아쉬우면 또 다음에 캘커타로 찾으러 가자."

"꼭 만나긴 해야 하는데……."

"어떤 책에서 보니, 꼭 만날 사람은 언제든 만나게 돼 있대.

너무 실망하지 마.”

진심 어린 내 위로에 이모가 눈물을 글썽거리며 희미하게 웃었다. 빈민촌 아이들과 함께한다는 그 남자, 책에서 본 캘커타의 성녀 마더 테레사를 존경했나?

“알았어. 살아 있으면 언젠가는 만나겠지. 우리 꽃불 띄우러 갈래? 배도 타고.”

이모가 머리를 한 손에 모아 묶으며 일어났다. 남자 찾기를 체념한 이모가 안쓰럽게 보여서 고개를 저었다.

“아니야, 그냥 쉬어. 이모 피곤하잖아.”

“아니야, 꽃불이라도 띄우면서 생각을 정리하고 싶어.”

우리는 가트로 나가 꽃다발과 꽃불을 샀다. 이모는 빨강꽃, 나는 노랑꽃. 강가에는 여러 척의 배가 어두운 그림자 속에 일렁이고 있었다. 이모가 어제 명함을 주었던 한국말 잘하는 남자의 배를 찾아갔다.

“이 아저씨, 바라나시 정보통이야. 정보통을 가동해서 그 남자가 켈커타로 떠났다는 사실을 알아냈더라고. 한국, 한국 사람, 한국 관광객에 대해서 모르는 게 없는 아저씨야.”

이모가 아저씨를 소개했다.

“나, 한국 이름 철수예요. 엄마, 딸, 예뻐요.”

인도에 와서 하도 많이 들은 말이라 그냥 웃었다. 배가 강 중간쯤 이르렀을 때, 이모가 잔잔한 물결 위에 꽃불을 띄우고 빨강 꽃잎을 따서 뿌렸다. 꽃잎에 싸인 꽃불이 너울너울 춤을 췄다. 이모 꽃불 옆에 내 꽃불도 내려놓았다. 노랑 꽃잎을 뜯어서 흩뿌리자 노랑 빨강 꽃잎이 서로 어울려 더 선명하게 빛났다.

　　"나 혼자라면 오지 못했을 거야."

　　이모가 내 어깨에 머리를 기댔다.

　　"예전에 왔을 때도 우린 이렇게 강가에서 배를 타고 꽃잎을 흘려보냈어. 일찍 엄마를 잃고 엄마를 몹시 그리워하며 자랐다고. 인간이 죽어서 환생한다면 자기는 다시는 엄마 없는 아이로 태어나진 않을 거라고 하면서 울더라. 남자가 우니까 나도 막 슬퍼지면서 눈물을 흘렸던 기억이 나네."

　　이모가 꽃잎이 다 떨어져 나간 꽃대로 물결을 살살 저었다. 마치 보드라운 살결을 어루만지듯이. 나도 손을 내밀어 물결을 저었다. 손가락 사이로 부드럽게 물결이 지나갔다. 훗날, 나도 언젠가는 갠지스의 추억을 누군가에게 이야기하겠지.

　　"우리 헤어지지 말자, 누가 먼저 죽지도 말자. 아기를 낳아도 자기처럼 엄마 없이 살게 하지 말자고 해 놓고는 나쁜 놈."

　　이모 눈에 눈물이 고였다.

"이모, 그만해. 왜 없는 사람을 가지고 자꾸 그래."

"아니야, 그래도 그 남자는…… 그 남자는……."

이모가 볼을 타고 흐르는 눈물을 닦을 생각도 하지 않고 나를 올려다보았다. 불빛에 비치는 이모 눈동자에 말할 수 없는 어떤 슬픔이 일렁거렸다. 나는 이모의 감정을 끊어 내려고 실없는 농담을 건넸다.

"칫, 그 남자가 뭐? 그 남자가 우리 아빠라도 돼?"

내 말이 끝나기도 전에 이모가 눈을 크게 뜨고 흡, 숨을 멈추더니 갑자기 고개를 꺾고 어깨를 떨었다. 이모의 저 모습은…….

아니다,

아니다.

머릿속이 하얘지면서 손끝으로 힘이 쏙 빠져나갔다.

이게 뭐지?

도대체 이모가 지금 왜 이러는 거야?

눈앞이 아득해졌다.

나는 정신을 차리려고 고개를 꼿꼿이 들고 물 가운데 붉은 기둥으로 박히는 태양을 힘껏 노려보았다. 이모는 여전히 석고상처럼 움직이지 않았다. 나도 죽어라고 강물만 노려보았다. 출렁출렁, 물결에 배가 흔들리고, 흔들리는 배는 의미 없이 강가를 향해 흘러갔다.

갑자기 엄청난 덩어리로 뭉쳐진 어떤 것이 머리를 치는 듯했다. 숨이 콱, 막혔다. 그리고 더 이상 아무 말도 하지 않았다. 아니, 차오르는 말을 가두느라 아프도록 어금니를 꽉 깨물었다.

드디어 배가 강가에 닿았다. 철수 씨에게 인사도 못하고 강가에서 내려 약속이나 한 듯 말없이 걸었다. 온몸이 휘청거렸다. 물리적인 무게를 느낄 수 없는 허깨비처럼 내 몸이 저 깊은 나락으로 추락하는 것 같았다.

숙소로 돌아왔지만 이모는 여전히 침묵 속에 옷도 갈아입지 않고 침대에 모로 누웠다. 나도 누웠다. 손끝 하나 까닥할 수 없었다. 우리는 한 침대에서 각각 등을 돌리고 있었다. 방안의 공기마저 얼어붙은 듯, 모든 것이 정지 상태!

32

한강이라는 그 남자가 내 아빠?

그 남자와 이모 한수지, 한수정이 낳지 않은 아이, 나 한강?

한강?

생각이 마구 헝클어져 돌아갔다.

어쩐다?

한수정이 나를 낳지 않았고,

그렇게 도끼눈을 뜨고 반대하던 인도 여행을 승낙했고,

한수지는 나를 데리고 남자를 찾으러 이곳에 왔고,

한수정과 한수지, 그 남자 한강, 그리고 나, 한강의 접합점은?

"안 돼, 안 된다."

나는 두 손으로 얼른 입을 막았다. 있을 수 없는 일이다. 울엄마, 한수정……?


얼마나 시간이 흘렀을까?

말보다 침묵이 더 힘이 셀 때가 있구나!

가늘게 떨리며 끊어졌다 이어지던 이모의 흐느낌이 멈추었다. 이모가 일어나서 숨을 골랐다.

"강아?"

나는 대답하지 않았다.

"강아, 미안해. 내가 잘못했어. 정말 잘못했어."

이모의 애끓는 울음소리.

"잘못했어. 정말 잘못했어……. 강아, 용서하지 마……. 용서
하지……!"

이 여자가 정말 내 엄마인가?

그럼 우리 엄마, 한수정은?

갑자기 머리가 어지러워지면서 구토가 올라왔다. 두 손으로
입을 막았지만 미처 화장실로 가기도 전에 욱, 욱, 속에 있는
것이 솟구쳤다. 올라온 것들이 손가락 사이로 흘러내렸다.

"강아, 어떡해!"

이모가 두 손으로 내 손에서 흘러내리는 것을 받았다. 나는
입을 막고 화장실로 뛰었다. 변기를 잡고 속에 것을 비워 냈다.
따라 들어온 이모가 내 등을 쳐 주었다. 나는 이모 손길을 뿌리
치고 문을 박차고 밖으로 나왔다. 여전히 번인가트에서 불꽃
이 피어오르고 있었다. 불길 끝에 이어진 희고 긴 연기가 하늘
로 높이 올라갔다. 또 죽었구나, 또 타고 있구나. 누군가의 엄
마 아빠가, 딸이……. 지금 나, 한강. 한강이 살아온 시간도 모
두 저 불 속에 쓸어 넣고 싶다. 한 조각도 남김없이 다 활활 태
워 버리고 싶다. 앙상한 뼛조각만 남아도 괜찮을 것 같다.


눈을 떴다.

천장을 올려다보았다.

본다. 보지 못한다.

야광별은 보이지 않아도 분명히 있을 것이다. 우리의 그 방 천장에. 엄마도 분명히 재봉틀 앞에 앉아 있을 것이다. 어젯밤 꿈속에서 엄마를 보았다. 가게에 앉아 희미하게 웃고 있는 엄마를. 어느 날 엄마의 인생에 내가 찾아들었고, 엄마는 나를 맞이했다. 그게 우리 둘의 운명이다. 엄마와 딸, 당연하다고 여겼던 모든 것이 당연한 것이 아니었다.

옆에 누운 이모를 본다.

내 앞에 무릎을 꿇고 앉아 용서를 빌며 울던 이모. 내 속에 그렇게 많은 말이 고여 있는지도 모르고 울고, 악을 쓰고 달려들고, 밀어내고 뿌리치는 내 손길을 묵묵히 받아 내던 바보 같은 한수지.

이모가 내 옆에 누워 있다. 죽은 듯이 눈을 감고. 나는 슬그머니 이모의 손을 잡았다. 나를 낳은 게 뭐 그리 큰 죄라고. 그래, 변한 건 아무것도 없다. 오늘 아침에도 해가 떠오르고, 매캐한 냄새가 창틈으로 새어들고 있는데.

나는 이모 손을 포개어 잡고 가만가만 토닥였다.

"고마워!"

이모의 쉰 목소리가 겨울바람처럼 푸르르 떨렸다. 하얗게
바랜 두 손도.

바라나시의 마지막 날이다.

내일 새벽, 비행기를 타기 위해 짐을 챙겨 놓고 뿌자를 보러
나갔다. 환한 불빛 아래, 강가에 사람들이 빼곡했다. 단상에는
젊고 멋지게 생긴 브라만 사제들이 소라고둥을 불면서 종을
흔들었다. 이어서 사제들이 촛대를 높이 들고 불을 밝히며 신
을 불렀다. 수많은 사람이 각자의 소원을 염원하듯 숙연하고
엄숙하게 제의를 지켜보고 있었다. 나는 이모와 함께 제일 앞
자리에 앉았다. 하얀 옷에 붉은 재킷을 입은 사제들은 노래 같
기도 하고 주문 같기도 한 소리를 내며 종을 흔들고 촛대의 연
기를 날렸다. 사방으로 날아가는 연기를 보면서 어제 저녁 오
갔던 말이 떠올랐다.

"아무 말도 하지 마. 듣고 싶지 않아."

"아니야, 한강. 이제 와서 변명 같지만 난, 정말 널 잘 키워 보
려고 했어. 그런데, 그런데 할아버지 때문에 어쩔 수가 없었어.
널 빨리 입양시키라고……."

"그걸 변명이라고 하는 거야? 그래도 자식은 지켰어야지."

하긴, 결혼도 하지 않은 딸이 미혼모가 된다는 걸 할아버지가 어떻게 용납할 수 있었겠어. 할아버지가 왜 그렇게 나에게 못되게 했는지 이제 알겠어.

"그 남자는 날 낳은 걸 알고 있어?"

"모를 거야. 아무도 몰래 중절수술을 하려고 했는데 자궁이 약해서 안 된다고 했어. 나중에 널 낳고 편지를 보냈을 때는 이미 다른 곳으로 갔는지 연락이 되지 않았어."

"……."

"그리고 수정이 널 키운다고 했으니 애써 찾을 필요가 없었어. 수정이도 널 원했지만 네가 수정이를 선택한 것 같았어. 자지러지게 울다가도 수정이가 안아 주면 뚝, 그쳤으니까. 수정이 품에서 눈을 맞추며 생글생글 웃고, 수정이가 없으면 계속 칭얼거리며 찾았어. 수정이도 운명이라고 했어. 그리고 어차피 자기는 몸의 상처 때문에 결혼할 생각이 없다고, 널 키우며 살아가겠다고 했어."

"그럼, 나한테도 결정권을 줬어야지, 왜 자기들끼리 내 운명을 결정하고 야단이야. 그땐 어린아이라서 그랬다지만 나중에라도 물어봤어야 하는 것 아냐?"

두 여자의 감쪽같은 작당을 어떻게 받아들여야 하나? 내 인생을 자기들 멋대로 바꿔치기 해 놓고 아무렇지도 않게 내 옆에 있는 한수정과 한수지.

"강아, 용서하지 마. 용서하지 마……."

그래, 용서하진 않을 거야. 하지만 이모 말이 맞아. 한수정을 택하면서 난, 내 운명을 만들었던 거야. 이곳에 와서 깨달았어. 내 안에는 엄마뿐이라는 걸. 어린 내가 만들었던 그 운명 끝까지 책임지고 싶어. 아니, 난 절대로 엄마를 떠날 수가 없어. 엄마가 날 어떻게 키웠는데. 한수정은 여전히 내 엄마야, 아니, 엄마여야 해. 언제까지나.

## 33

뿌자가 끝난 후, 우리는 꽃불이 떠다니는 갠지스 강가를 천천히 걸었다.

"수정이는 나보고 다시 새 출발을 하라고 했고 나도 그땐 그렇게 하면 될 줄 알았어. 그런데 생각처럼 안 되더라. 한참 멀리 도망쳤다고 생각하고 돌아보면 어느 새 강이, 네 옆에 와 있었어. 수정이는 그런 나를 야속하게 생각했지만 나도 내 자신을 어떻게 할 수 없었어."

약점이 있는 언니였구나!

"네 옆에서 널 보면서 살 수 있게만 해 달라고 매달렸지. 수정이도 지쳤는지, 같이 살자고 했어. 난 그때 다짐했어. 너 하나 잘 키우는 것으로 만족하며 살자고."

이모가 강가의 둑에 앉았다. 나도 이모 옆에 앉았다. 이모가 팔을 둘러 내 어깨를 안았다.

"강아, 변명 같지만 다시 생각해 봐도 이 모든 게 사랑이었어. 미안해, 정말 미안해."

정말 그럴까? 그 사랑이 나를 이렇게 슬프게 하는데도, 진심 돌아가고 싶어. 비밀을 알기 전 그때로. 한수지의 조카와 한수정의 딸로. 우리에게 망각의 신이 찾아오면 얼마나 좋을까!

"난 네가 이 일을 알게 될까 봐 늘 두려웠어. 시간은 무심하게 흘러갔지만 언젠가 맞닥뜨릴 진실이 무서워서 숨이 막힐 때도 있었어. 더 무서운 건 내 거짓과 비겁함에 네가 질려서 멀리 가 버릴까 봐. 그게……."

나도 그날 죽을 것 같았어. 속았다는 생각에 미칠 것 같았어. 엄마가 날 버릴지도 모른다는, 엄마를 잃을 수도 있다는 생각에 나도 숨이 막혔다고. 정말 폭삭 사라지고 싶었어.

"결국 네가 알게 되었고, 난 견딜 수 없이 괴로웠어. 수정이한테도 미안하고. 수정인 너에게 다 고백하자고 했지만 난 네 아빠를 찾아서 말해 주고 싶다고 했어."

맞아. 아빠, 나에게도 아빠가 있었구나!

"정말 수정이나 나나, 아무것도 변한 건 없어. 이제 네 선택에 달렸어. 네가 어떤 선택을 하고 결정을 내리든 수정이도 무조건 네 선택을 존중한다고 약속했어."

내 선택과 결정만 남았다?

"강아, 마음을 가라앉히고 천천히, 천천히 생각해도 돼."

엄마, 하면 눈앞에 동그란 한수정의 얼굴이 떠오른다.

아무리 빈칸을 만들어서 이모 얼굴을 넣어 봐도 맞아떨어지지 않는다.

엄마, 한수정.

이모, 한수지.

내가 아는 것은 이것뿐이다.

사랑이라며?

사랑에 왜 선택이 필요해? 이모는 그 남자를 사랑했고, 그 남자는 자신의 인생을 바칠 만큼 빈민촌 아이들을 사랑했고, 한수정은 나를 사랑했고 나도 한수정을 사랑했어. 사랑의 대상과 방법은 달라도 다 사랑이잖아. 그거면 됐어. 굳이 선택하라면 난 엄마 한수정과 이모 한수지의 변함없는 사랑을 선택하고 싶어. 그리고 아무 일 없었던 그때로 아무 일도 없었던 것처럼 다시 돌아가고 싶을 뿐이야. 낳아 준 엄마를 외면하는 비겁한 애라고? 그래 나는 비겁해. 당당하게 비겁해질 거야.

난 그동안 이 바라나시 갠지스 강가에서 똑똑히 보았어. 번인가트에서 한줌의 재로 사라지는 인간의 마지막을. 이모에겐 미안하지만 나는 나야. 한 줌의 허무한 잿가루로 사라지기 전에 선택하고 결정할 거야. 오롯이 내가 원하는 삶을 살겠다는 것, 이것이 내가 이곳에서 발견한 진실이야.

하지만, 미안해. 정말 미안해, 한수지 이모, 아니 엄마…….

나는 차오르는 눈물을 삼키며 조용히 마음의 소리에 귀를 기울였다. 솜털 같은 그 무엇이 가슴 속에서 폴폴 날아오르는 것을 느끼면서.


시원하게 강가에 바람이 불어온다.

가슴을 활짝 펴고 한껏 바람을 들이마셨다. 이제 됐다. 기다려 온 바람이다.

"이모, 내가 노래 불러 줄까? 이제 가사가 전부 생각났는데."

어서 오너라, 님프야~~

젊음의 참 기쁨을 신고~~

즐거운 노래 부르면서 흥겹게 호들갑을 떨며~~

근심일랑 훌훌 던져 버리고 마음껏 웃어 주지 않으련

"어릴 때 엄마가 불러 주던 노래야. 엄마가 웃어 주지 않으련, 하면서 눈을 크게 뜨면 내가 까르르 웃었어. 웃어 주지 않으련."

엄마를 흉내 내자 이모가 빙그레 웃었다. 이제, 내 마음이 정해졌으니 오래 시간을 끌 필요가 없을 것 같았다. 나는 이모를 안고 조용히 말했다.

"이모, 미안해!"

"아니야, 내가 더 미안해."

"이모, 한수정이 내 엄마야."

하지만 난 이모 딸이야, 라는 말은 속으로만 새겼다.

"이모, 고마워. 이해해 줘서."

이모가 말없이 고개를 끄덕였다.

"아니야, 내가 고마워. 잘 자라 주어서. 그리고 네가 나를 선택하지 않아도 실망하지 않을 거야. 너도 미안해하지 마. 수정이가 널 어떻게 사랑했는지 내가 그 증인이니까."

맞아, 이모가 그랬지. 사랑의 역사는 단번에 하루아침에 만들어지는 것이 아니라고. 엄마는 날마다 천천히 내 마음에 차곡차곡 사랑을 기록해 왔어. 이렇게 떨어져 있으니 엄마가 내 마음에 기록하고 새겨 온, 그 사랑의 무늬가 더 선명하게 보이는 것 같아.

"우리 아가, 고마워. 그리고 정말 미안해."

우리는 오래도록 서로를 안아 주었다. 물방울이 어른거리는 내 눈 속에 갠지스의 꽃불이 떠다녔다. 무채색의 불안한 소원이 이제 색깔을 찾을 수도 있을 것 같은 안도감이 들었다.

숙소로 돌아온 이모가 결연한 표정으로 휴대폰을 건넸다.

"강, 전화해!"

고뇌와 결단으로 굳어진 이모 얼굴을 보니 속이 울컥 올라왔지만 나는 서슴없이 휴대폰의 단축키를 눌렀다. 배경화면은 나를 중간에 놓고 찍은 두 여인의 얼굴이다. 신호가 울리지도 않은 것 같은데 목소리가 튀어나왔다.

"언니?"

"엄마?"

"강, 강이니? 그래, 몸은 어때? 아픈 덴 없고?"

"엄마."

"강아, 고마워, 전화해 줘서."

떨리듯이 흘러나오는 엄마의 따뜻한 목소리.

"엄마. 나…… 난…… 엄마 딸이야!"

전화를 끊었다. 손등으로 후드득 물방울이 떨어졌다. 나는 흐르는 눈물을 그대로 둔 채, 이모를 바라보았다.

이모, 고마워! 이모가 내 친엄마라서 다행이야. 누군가 버린 것도 아니고, 길에서 주워 온 것도 아니라는 걸 알게 되어서. 그리고 무엇보다도 나 때문에 힘들었을 그 모든 시간을 잘 견뎌 주어서 참 고마워!

이모가 내 속마음을 알겠다는 듯 두 눈 가득 물방울을 매달고 고개를 끄덕였다.

이모, 이제 이모 말처럼 우리의 사랑을 막고 있던 마음속의 그것을 내보내자. 그동안의 아픔은 모든 업보를 가져간다는 이 갠지스 강물에 다 떠나보내고 돌아가자. 한수정과 한수지, 그리고 나 한강은 서로 사랑하는 가족이라는 이 사실만 꼭 간직하고. 사랑, 참 진부하게 생각했던 이 말이 이처럼 아름답고 찬란할 수도 있다는 걸 이제 깨달았어.

안녕. 바라나시,

안녕, 갠지스 강

안녕, 또 다른 한강!

언젠가 우리 다시 만나자. 그땐 서로를 바라보며 담담하게
웃어 줄 수 있겠지?

## 34

한 달 간의 긴 여행이 끝났다.

바라나시에서 국내선 비행기를 타고 델리에서 인천 가는 비
행기로 갈아탔다. 간만에 푹 자고 일어나니 곧 인천 공항에 도
착한다는 기내 방송이 들렸다.

"한강, 이거 네가 갖고 있을래?"

이모가 수첩에서 사진을 꺼내 주었다.

"흠, 다시 보니 정말 잘 생겼네."

나는 이모가 찾아 헤매던 남자의 사진을 들여다보았다. 시
원스런 이마, 짙은 눈썹, 크고 빛나는 두 눈에 사과처럼 붉은
입술을 가진 어디서 본 듯한 이 얼굴! 지금쯤 캘커타 어디쯤에
서 누군가의 사랑이 되어 주고 있을 이 남자가 낯설지 않게 느
껴졌다. 날 닮았나? 내가 닮았나? 언젠가 살아 있다면 만날 날

이 있겠지. 아니, 나중에 내가 찾아갈 수도 있지. 그 감미로운 목소리로 불러 주는 노래를 들으러.

"이모, 반납할게."

이모 수첩을 가져와 사진을 다시 꽂아 건네주었다.

"이모가 잘 가지고 있다가 나중에, 나중에 내가 이 사진이 필요하다고 하면 그때 줘."

이모에게 눈을 찡긋했다. 이모가 미소 지으며 고개를 끄덕였다. 발밑으로 서해의 푸른 물결이 보이는가 싶더니 긴 활주로를 달리던 비행기가 멈췄다.

다시 돌아왔다. 짐을 찾아서 급히 게이트를 빠져나오며 다시 한번 나에게 되물었다.

'한강, 마음은 잘 있니?'

'응, 약간 떨리긴 하지만 정직하게 마음은 잘 있어.'

'그럼 됐어.'

자동문이 열렸다.

엄마!

가슴이 벅차올랐다.

두 팔을 활짝 벌리고 달려오는 동그란 얼굴. 나도 달려간다.

이토록 눈부신 날에 사랑이라니!

## 🌱 작가의 말

누구나 비밀은 있다.
그 비밀은 참일 수도 거짓일 수도 있다.
참이든 거짓이든 그 비밀 끝에는 언제나 내가 있다.
나는 그 비밀을 지워 버릴 수도 있고 진실을 찾아낼 수도 있다.
지워 버릴 비밀과 찾아낼 진실 앞에서 잠시 멈춰 서서
바람을 기다려 보는 것은 어떨까?
세차게, 혹은 부드럽게 불어올 바람을~~.

그 비밀이 사랑이라면 더더욱 천천히!


품고 있던 원고를 매만질 수 있도록 도와준 토지문학관과 백련재문학의 집에 감사드린다. 책 한 권이 나오려면 작가의 글쓰기 노동이 50%, 편집자의 능력이 50%라고 생각한다. 이번에도 넥서스의 편집부 식구들에게 깊이 감사할 수밖에 없는 이유다. 책을 읽어 줄 독자들께 미리 감사를 드리며 내 주님께는 사랑한다는 고백을 드린다.

비밀을 알게 된 친구들을 위해 기도하며
이옥수